Futurs Spur III – Eine Horrorgeschichte

Das Artefakt

für meine freigeistigen Freunde Norbert und Jośko

Ich bedanke mich bei Norbert Georg Schwarz und Winfried Maaßen für das konstruktiv kritische Gegenlesen des Manuskripts und die Verbesserungsvorschläge.

Hagen Frickmann

Futurs Spur III – Eine Horrorgeschichte

Das Artefakt

Bibliografische Information der Deutschen Nationalbibliothek:
Die Deutsche Nationalbibliothek verzeichnet diese Publikation in der Deut-
schen Nationalbibliografie; detaillierte bibliografische Daten sind im Internet
über http://dnb.dnb.de abrufbar.

© 2020 Name des Autors/Rechteinhabers: Hagen Frickmann

Illustration: Hagen Frickmann

Herstellung und Verlag: BoD – Books on Demand, Norderstedt

ISBN: 9783750441507

Inhaltsverzeichnis

Futurs Spur III – Eine Horrorgeschichte

Das Artefakt

"[…] dreams are older than brooding Tyre, or the contemplative Sphinx, or garden-girdled Babylon."

Howard Philipps Lovecraft, **The Call of Cthulhu**

1.

„Im Anfang schuf ich Himmel und Erde."
02.02.1996, Sektor 37, Antarktika

Ich weiß nicht, ob je ein Mensch diese Zeilen zu Gesicht bekommen wird. Dennoch fühle ich mich verpflichtet, wenigstens zu versuchen, der Nachwelt von den entsetzlichen Ereignissen zu berichten, die in nur wenigen Tagen den Tod einer ganzen Forschungsgruppe herbeiführen sollten.

Doch lassen Sie mich der Reihe nach erzählen, denn im Moment habe ich viel Zeit, die Zeit, die einem die Gewissheit des baldigen Todes zwangsläufig vermittelt. Ich befinde mich in Sektor 37, einem unwirtlichen Gebiet in der antarktischen Eiswüste. Die Küste des Südpolarmeers liegt nicht einmal eine Stunde mit dem Motorschlitten von hier entfernt. Und ausgerechnet in diesem verlassenen, hintersten Winkel unseres Planeten lauert eine Gefahr, wie sie bedrohlicher schon gar nicht mehr vorstellbar ist. Ein Schrecken von kosmischen Dimensionen liegt wie ein drohender Schatten über dieser in jeder Hinsicht kalten Eiswelt. Wohl nirgends ist das futurische Grauen näher als zu dieser Zeit an diesem Ort, denn obwohl ich ihn zum Glück nie im Wachzustand zu Gesicht bekommen habe, besteht doch kein Zweifel, dass es hier wirklich und wahrhaftig einen Futuren gibt.

Lassen Sie mich diesen Bericht mit der Bemerkung beginnen, dass die Menschen, deren Leichname nach grausamer Metamorphose nun in der Umgebung verteilt sind, heldenhaft versucht haben, das Unvermeidliche aufzuhalten, auch wenn die Spuren das Gegenteil nahelegen. Sie sollten niemals in Vergessenheit geraten. Momentan bin ich der einzige, der noch bei relativer geistiger Gesundheit am Leben ist. Es gibt inzwischen keinen Zweifel mehr, dass das Unterseeboot nicht mehr existiert und die Besatzung ist tot. Hier in der Basisstation lebt außer mir nur der Kapitän, oder besser, er vegetiert noch vor sich hin. Alle anderen hat der Tod hinweggerafft, unterstützt von einer Kreatur, die mit nichts zu vergleichen ist, was Menschen an Schrecken und Perversion je zu erdenken in der Lage waren.

Doch lassen Sie mich Ihnen vorstellen, wer immer Sie auch sein mögen, der dieses düstere Manuskript des Untergangs in den

Händen hält. Mein Name ist Wladimir Korsakow, ich bin Russe. Ich arbeite als Psychologe im Dienste der Russischen Föderation. Tatsache ist, dass ich offiziell den Status eines Beobachters auf unserem U-Boot innehatte. Im Notfall hätte ich jedoch selbst dem Kapitän Befehle erteilen dürfen. Es kam allerdings anders.

Alles begann an einem Dienstag vor weniger als 3 Wochen. Ich kam gerade von einer Operation zurück, die sich mit angeblich paranormalen Phänomenen beschäftigen sollte. Später hatte es sich jedoch gezeigt, dass man die Untersuchungskommission bewusst täuschen wollte, um konventionelle Verbrechen zu vertuschen.

Ich war verärgert, dass man mich wegen solch einer Farce von meiner Forschungsarbeit abgezogen hatte, und hielt es für das Beste, mich unauffällig in mein Büro zurückzuziehen. Nur so konnte ich wirklich sicher sein, dass mir nicht eine Bemerkung über die Lippen gehen würde, die mir hinterher noch leidtun könnte. Und meine Forschung, die sich mit der Untersuchung von Theorien natürlicher und artifizieller Bewusstseinsbildung beschäftigt, zog mich bald wieder in ihren Bann.

Gerade als ich mir die neusten Ergebnisse meiner Assistenten durchsehen wollte, erhielt ich eine verschlüsselte Faxbotschaft. Nachdem ich sie durch die Dechiffrier-Maschine geschickt hatte, erkannte ich, dass man mich schon wieder auf eine Mission entsenden wollte. Obwohl mich das Einsatzgebiet durchaus reizte, kam mir beim Anblick der Missionsziele die Galle hoch. Ich sollte mit einem Team aus Physikern und Informatikexperten in ein Forschungszentrum in der Südpolregion gebracht werden.

Angeblich war unweit des Basislagers von einer Gruppe unserer Südpolarforscher ein kultisches Artefakt mitten im Eis fernab jeder Zivilisation entdeckt worden, das keiner bisher bekannten Kultur zugeordnet werden konnte. Dies glauben zu müssen war meiner Ansicht nach schon eine Zumutung, doch es sollte noch schlimmer kommen. Angeblich habe es sich bei diesem Objekt um eine Steinschatulle von nahezu unglaublichem Alter gehandelt, doch in ihrem Inneren sei eine CD-ROM Scheibe entdeckt worden.

Ich rief bei meinem Vorgesetzten an, ob es sich bei diesem Befehl denn um einen schlechten Witz handele, wurde jedoch grob zurechtgewiesen. Man schien den Aussagen der Wissenschaftler wirklich zu trauen und dem Ereignis eine mir unverständliche Bedeutung beizumessen. Und wenngleich ich heute meine Ignoranz zutiefst bedauere, war ich damals ziemlich überrascht.

Ich brauchte nicht lange, um meine Ausrüstung zusammenzustellen. Das meiste war ohnehin noch eingepackt, da ich gerade von der letzten Mission zurückgekommen war. Und so machte ich mich, nachdem ich noch einige notwendige private Geschäfte erledigt hatte, auf den Weg zu dem im Fax beschriebenen geheimen Planungszentrum.

Obwohl ich strenge Sicherheitsvorkehrungen von vorherigen Missionen kannte, überraschte mich doch das Ausmaß jener, die hier getroffen worden waren. Der Sitzungssaal befand sich hinter einer umklappbaren Wand versteckt. In der Umgebung des Gebäudes wimmelte es von Soldaten und Sicherheitskräften. Ich musste mehrere Kontrollen über mich ergehen lassen, dabei wurden mir meine Dienstwaffe und mein mobiles Funkgerät abgenommen. Als ich schließlich nach mehreren Identitätschecks den Sitzungssaal erreicht hatte, atmete ich erleichtert auf.

Im dem geheimen Raum befanden sich eine Vielzahl namhafter Wissenschaftler. Die Leichen eines Teils von ihnen sind jetzt in der Eiswüste außerhalb des Basislagers verstreut. Auch einige bedeutende Politiker und Militärs waren anwesend, die mir teils aus den Medien vertraut, teils völlig unbekannt waren. Was immer da draußen im ewigen Eis des Südpols passiert sein mochte, man schien es unglaublich ernst zu nehmen. So wurde uns denn auch mitgeteilt, dass alles, was wir zu sehen bekommen würden, strengster Geheimhaltung unterliege. Da jedoch mein Ableben nun unmittelbar bevorsteht, werde ich mein Schweigen brechen.

Ein kleiner, untersetzt wirkender Mann löste die Spannung, die alle Anwesenden im Saal verband, schließlich auf. Er zeigte Aufnahmen von einer Stelle unweit des Basislagers in Sektor 37 der Südpolarregion, wo mehrere Forscher mit der Bergung von Bohrkernen beschäftigt waren und ein Objekt im Inneren eines Bohrkerns entdeckt wurde, das zu regelmäßig erschien, um natürlichen Ursprungs zu sein. Ein Raunen des Erstaunens ging durch die Reihen.

Die Wissenschaftler vor Ort hatten, wie aus weiteren Aufzeichnungen deutlich wurde, das Objekt aus dem Eis befreit. Es bestand aus einer Steinschatulle, schwarz und schmucklos, aber mit dämonischen Entitäten eingraviert und einen seltsamen

Glanz abstrahlend. Als die Wissenschaftler es öffneten, befand sich ein Objekt im Inneren, das einer CD-ROM-Scheibe erstaunlich ähnlich sah.

An dieser Stelle unterbrach der untersetzte Mann die Vorführung und setzte seinen Vortrag mit erklärenden Informationen fort. Er erläuterte, die ersten Radionuklidanalysen hätten ein Alter des Objekts ergeben, das das Alter jedes anderen Materials auf der Erde bei weitem übersteige. Man wusste mit dem Fund nichts anzufangen und konnte ihn nicht richtig datieren, also hatte man die Führung im Heimatland kontaktiert. Und so hatte uns die Botschaft erreicht.

Noch immer verstand ich nicht, warum man mich eingeladen hatte. Die Entdeckung mochte zwar auf eine abstrakte Weise interessant sein, mit meinem speziellen Interessengebiet hatte sie aber wenig gemein und so hatte ich Mühe, gelangweiltes Desinteresse zu verbergen. Ich weiß nicht, ob es auch anderen Zuhörern im Saal so erging. Auf jeden Fall verbargen diejenigen, die meine Geisteshaltung teilten, ihre wahre Einstellung so gut wie ich. Alle Blicke reflektierten nur eine nahezu ungeteilte Aufmerksamkeit. Einigen Wissenschaftlern im Sitzungssaal schienen vergleichbare Objekt, die dem Artefakt aus dem Südpolareis ähnelten, nicht ganz unvertraut zu sein. Andere ihrer Kollegen präsentierten interessante Theorien von Physikern, die die Möglichkeit eines Zeittransfers in Erwägung zogen.

Diese Konzepte erweckten jedoch auch wieder mein Interesse. Demnach, so wurde spekuliert, sei ein Objekt aus der Zukunft ins Jetzt transferiert worden, gegebenenfalls durch eine fremde oder gar künstliche Intelligenz. Um möglichen Gefahren in Bezug auf zeitliche Paradoxa vorzubeugen, sollte mit äußerster Vorsicht bei der Erforschung vorgegangen werden. Die unvorhersehbaren Effekte eines Temporärparadoxons mussten um jeden Preis vermieden werden.

Ich war mir damals nicht sicher, ob ich das Gesagte glauben oder als Hirngespinst abtun sollte. Aber es schien eine Menge einflussreicher Leute den vortragenden Wissenschaftlern zuzuhören bereit zu sein.

An jenem Abend hörte ich nur zu und meldete mich selbst nicht zu Wort. Als schließlich alle Theorien und Mutmaßungen durchdiskutiert waren, wurde der rein praktische Teil unserer geplanten Operation durchgesprochen.

Der Mann, in dessen Augen jetzt unweit von mir das Feuer des Wahnsinns lodert, trat ans Rednerpult. Es war der Kapitän eines Unterseebootes, Kommandant Igor Treblenski. Er und die 20 Mann starke Besatzung seines U-Boots hatten die Aufgabe, unser Team bestehend aus 10 Wissenschaftlern und noch einmal so vielen bewaffneten Sicherheitskräften in die Südpolarregion zu bringen.

Treblenski erklärte, dass er sicherstellen werde, dass unser Team wohlbehalten zum Einsatzort und wieder zurück gebracht würde. Dieses Versprechen wird er nun nicht mehr einhalten können. Damals war der Kommandant ein intelligenter, durchtrainierter Mann in den besten Jahren. Man musste nicht daran zweifeln, dass er in der Lage sei, den in ihn gesetzten Erwartungen gerecht zu werden.

Was mir an der Mission nicht sonderlich gefiel, war der nahe Abreisetermin. Tatsächlich sollte uns noch am gleichen Abend ein Flugzeug zu einer Militärbasis auf einer Insel nahe der Südpolarregion bringen. Dort würde uns das U-Boot aufnehmen. Der abschließende, teilweise unter Wasser vorgesehene Anteil der Reise sollte ein möglichst hohes Maß an Diskretion sicherstellen.

Mir war damals nicht klar, warum die Führung so großen Wert auf Geheimhaltung legte. Als wir am frühen Morgen des darauffolgenden Tages die Küste des kärglichen Eilands, das kaum mehr als einen Felsen mit einer Landebahn darstellte, erreicht hatten, sahen wir im Glanze der aufgehenden Sonne das Unterseeboot aus den Wellen auftauchen. Das kleine Spionagetauchboot, in dem es für unser Team und die Ausrüstung absehbar extrem eng werden würde, bot keinen majestätischen Anblick. Zudem hätten wir es begrüßt, in der Kälte des Morgens ins Innere zu kommen, anstatt nur den Anblick zu genießen. Doch tatsächlich wurde trotz der ungastlichen Witterung nicht auf die peinliche Kontrolle unserer Identitäten verzichtet.

Im Inneren des U-Boots, das nun für längere Zeit unser Gefängnis sein sollte, war es ausgesprochen eng. Der Zugang zur Kommandozentrale war nur Treblenski und seinen Offizieren erlaubt, wir Wissenschaftler durften unsere Quartiere, die aus nicht viel mehr als mehrstöckigen Liegen und ein wenig Stauraum bestanden, abgesehen von einer einmaligen Führung durchs Schiff kaum verlassen.

Und so dehnte sich die Fahrt schier endlos. Beschweren half nichts, auf seinem Schiff galt nur das Wort von Kapitän Treblenski, was ich trotz meiner Sondervollmachten klaglos akzeptierte. Wir kamen während unserer Reise nicht einmal zum Ergänzen der Vorräte von Bord, da sich zwischen der Insel und der Antarktis kein Land mehr befand und das U-Boot nur einmal nachts auf See von einem vermeintlichen Forschungsschiff versorgt wurde. Es war offensichtlich, dass unsere Führung größten Wert auf die Diskretion unserer Unternehmung legte.

Für uns Wissenschaftler wurde die Fahrt zu einem nicht enden wollenden Martyrium und schon bald war es bei der ständig gleichbleibenden Beleuchtung im Inneren des U-Boots nahezu unmöglich, Tag und Nacht zu unterscheiden. Wenigstens hatten wir nicht mit Seegang zu kämpfen, da unser Kommandant fast während der ganzen Fahrt unter Wasser navigierte.

Erst nachdem wir den südlichen Polarkreis überquert hatten, gab Treblenski den Befehl zum Auftauchen auf Periskoptiefe. Die Maschinenleistung wurde gedrosselt und mit gebotener Vorsicht steuerte Treblenski das Boot durch eine nur für den Navigator am Periskop sichtbare, bizarr anmutende Welt aus Eisbergen und Treibeis. Als schließlich Land in Sicht kam, ließ er auftauchen und auch wir Wissenschaftler konnten an Deck etwas frische Luft schnappen.

Es war schneidend kalt, so dass selbst die Salzwasserspritzer an der Schiffshülle zu Eis erstarrten. Wir mussten noch einige Zeit manövrieren, bis wir schließlich jenes Küstengebiet erreichen sollten, das unserem Ziel am nächsten lag.

2.

Bereits in der vorletzten Nacht vor unserem Landgang schlief ich schlecht und wurde von einem lebhaften Albtraum heimgesucht. Ich war gerade eingeschlafen, als sich mir sehr plastisch der Eindruck aufdrängte, in meiner Koje nicht mehr allein zu sein. Ich meine dabei nicht die allgegenwärtige Nähe anderer Menschen auf dem viel zu engen U-Boot. Mir war vielmehr, als sei eine fremde Präsenz in meinem Kopf aufgetaucht; dunkel, bösartig und voller Hass auf alles Lebende und Atmende. Der Eindruck war zunächst so fremd, dass sich in dem Traum keine Bilder einstellten; nur ein allgegenwärtiges Gefühl von Atemnot, Beklemmung und drückender Enge. So sehr ich mich auch bewegen und schreien wollte, gehorchte mir doch kein einziger Muskel. Ich war gefangen, in meinem Körper eingesperrt mit der dunklen Präsenz, die noch sehr schwach und fern wirkte, jedoch mit jedem Augenblick an Intensität und Gegenwart gewann. Schließlich erschien, erst kaum erkennbar, dann jedoch immer deutlicher, die Umgebung in ein giftig blau-pulsierendes Licht getaucht und ich vermeinte Umrisse wahrzunehmen. Meine Beklemmung nahm zu, denn ich konnte plötzlich sehen, warum ich mich nicht zu bewegen vermochte. Auch wenn die Wahrnehmung falsch wirkte, wie etwas, das für das Bewusstsein zu komplex ist und daher in einfachere Bilder umgeformt wird, mit denen ein menschliches Gehirn umgehen kann, war der Eindruck doch entsetzlich real. Ich lag ausgestreckt in einem sehr engen, mit elfenbeinfarbenem Satin ausgekleideten Hohlraum, der dicht über meinem Kopf abschloss. Die Form war vage hexagonal und die geringe Höhe erlaubte noch nicht einmal die Arme anzuwinkeln. Ein Gefühl vagen Erkennens durchzuckte mich und meine Angst potenzierte sich, als mir bewusst wurde, dass ich mich im Inneren eines verschlossenen Sarges befand. Ich hörte ein rhythmisches Schlagen auf den Sargdeckel und verstand. Von außen wurde schwere, feuchte Erde auf den Sarg geschaufelt. Ich wurde gerade lebendig begraben.

Ich versuchte zu schreien und mit den Knien gegen den Sargdeckel zu stoßen, brachte jedoch nicht mehr als ein dumpfes Krächzen hervor. Der Satinbezug schluckte jeden Schall. Nackte Panik stieg in mir auf und ich spürte, wie ich schneller zu atmen begann, während der Sauerstoffgehalt in der engen Kammer abund zugleich der Kohlendioxidgehalt zunahm. Parallel dazu stellten sich dröhnende Kopfschmerzen ein und die fremde, bösartige Präsenz wurde zunehmend plastischer. Inmitten des Dröhnens der Kopfschmerzen vermeinte ich schließlich Silbenfolgen zu identifizieren, deren monotone Wiederholung mit dem Pulsieren des giftig-blauen Lichts synchronisiert zu sein schien. Die entsetzlichen Silben haben sich tief in mein Gedächtnis gegraben, so dass ich sie hier wiedergeben kann: "Ew'Crohk'Okrh'Ur Fhu'Utu'Uh'Ur Gra'Ffhot'Fang." und "Gr'Akha'Hro Okrh'Ur Fhu'Utu'Uh'Ur Kro'Glarr Va'Jei Lei'Ah." Am meisten entsetzte mich aber, dass mein Gehirn synchron die Silben für mich übersetzte, auch wenn ihr Kontext für mich zu diesem Zeitpunkt noch unverständlich blieb: "Fhu'Utu'Uh'Ur wacht im toten Okrh'Ur über den Lauf der Geschichte, den er kraft seiner unsterblichen Macht bald selbst bestimmen wird." und "Im toten, düsteren Okrh'Ur lechzt jaulend der unsterbliche Fhu'Utu'Uh'Ur nach seiner gnadenlosen Rache." Begleitet war das Verständnis der Silben von dem vagen Gefühl eines grenzenlosen Hasses auf alles Existierende, eines Hasses, der mich noch einmal laut aufschreien ließ, auch wenn der Sauerstoffgehalt weiter abnahm und meine Bewegungen langsam erlahmten. Bevor jedoch Kopfschmerz und Atemnot übermächtig werden und mein Bewusstsein mit dem sanften Schleier der Bewusstlosigkeit auslöschen konnten, spürte ich in aller Deutlichkeit, dass etwas Irreversibles geschehen war, während das blaue Pulsieren langsam erlosch und die Satinwände des Sargs wieder zu schwarzem Nichts gerannen. Etwas unglaublich Altes und Mächtiges, das über Jahrmilliarden in einem todesähnlichen Zustand verbracht hatte, war dabei zu erwachen. Und während die ultrakomplexen Bewusstseinsvorgänge des nach Äonen Erwachenden langsam ihrer selbst bewusst wurden, der Erwachende nun gleichsam seine Fühler in die Welt auszustrecken begann, kehrte auch die Erinnerung dieses gottähnlichen Geschöpfes zurück. Und neben dem unbändigen Hass auf die, die den Erwachenden jenem äonenwährenden Schicksal überantwortet hatten, kehrte noch ein weiteres Gefühl zurück: Der Hunger auf menschliche Hirnimpulse und die damit verbundene lustvolle Stimulation, die ihn als einzige mit der Sinnlosigkeit seiner ewigwährenden Existenz kurzfristig zur versöhnen vermochte. Während die Fühler des Erwachenden zunächst schwach, dann aber immer deutlicher Reize aufnahmen, mischte sich in den Hass der dunklen Präsenz ein weiteres Gefühl, das mich stöhnend zurückschaudern ließ: Lustvolles Frohlocken verbunden mit abgrundtief böser Vorfreude. Mit diesem letzten Gefühl tiefdunkler Verheißung verblasste die fremdartige Präsenz und ich fuhr mit einem Schrei aus dem Schlaf auf.

3.

Die Kopfschmerzen aus meinem Traum waren noch vorhanden, jedoch denkbar trivialen Ursprungs. Beim Auffahren in der viel zu engen Koje hatte ich mir derb den Kopf angestoßen. Ich war nicht allein, natürlich nicht, die einzigen „Präsenzen" waren jedoch die Seeleute und Wissenschaftler, die mit mir gemeinsam die Kojen nutzten und nicht zur Schicht eingeteilt waren. Ich war nicht der einzige, der in der Koje nicht schlief, was in dieser Phase der Nachtruhe ungewöhnlich war. Aus anderen Kojen erklang schweres Atmen, als wenn auch deren Benutzer sich in quälenden Albträumen wanden. Niemand sagte etwas, schon um die Schlafenden nicht zu stören und ihnen die wenigen Stunden Ruhe nicht streitig zu machen. Ich nahm mir vor wach zu bleiben, so beängstigend war der Albtraum gewesen. Bleierne Müdigkeit und die sanften Bewegungen des U-Boots forderten jedoch ihren Tribut, so dass ich wieder in einen Dämmerzustand hinüberglitt und schließlich einschlief. Diesmal war mein Schlaf traumlos, jedoch nicht erholsam und ich fühlte mich wenige Stunden später wie gerädert, als man mich schließlich weckte.

Mehr schlecht als recht wieder auf den Beinen, bemerkte ich, dass ich keineswegs der einzige an Bord war, der übernächtigt und schlecht ausgeruht wirkte, auch wenn niemand versuchte, sich etwas anmerken zu lassen. Sollten andere Besatzungsmitglieder vergleichbare Albträume gehabt haben wie ich, so sprach doch niemand darüber.

Am derangiertesten wirkte Kommandant Treblenski selbst, auch wenn er mit eiserner Disziplin versuchte, sich keine Schwäche anmerken zu lassen. Seine Augen waren gerötet und mit tiefen Ringen unterlegt, hin und wieder musste er sich sogar sichtbar Mühe geben, kein unkoordiniertes Zittern zu zeigen. In der Kommunikation war er noch deutlich einsilbiger als sonst und beschränkte sich auf knappe Befehle, die er kurz darauf schon wieder vergessen zu haben schien. Auch wenn sein verstörendes Verhalten unmöglich nur mir aufgefallen sein konnte, sprach ihn doch niemand darauf an; vielmehr sahen alle respektvoll darüber hinweg. Ich fragte mich, ob wir Treblenski wirklich einen Gefallen damit taten.

Während sich das U-Boot dem Zielgebiet näherte, wurde das Wetter immer rauer. Starker Wind und schwere See zwangen den Kommandanten schließlich zum Tauchgang. Es wurde schlagartig ruhiger, als der Schiffskörper nicht mehr dem Spiel von Wind und Wellen ausgesetzt war. Dafür war auch die Sicht drastisch beeinträchtigt und das Boot konnte sich bei schwerem Eisgang praktisch nur noch im Schritttempo vorwärtsbewegen. Dies bedeutete mindestens eine weitere Nacht auf See, an einen Landgang im Zielgebiet war vorerst nicht zu denken.

Hinzu kam, dass die Übermüdung mit verstärkter Reizbarkeit und mehr als nur latenter Aggressivität einherging, so dass Treblenski seine Besatzung mehrfach zur Ordnung rufen musste. So etwas hatte ich während der ganzen Fahrt noch nicht erlebt, im Gegenteil, die Crew hatte sich bis dato äußerst diszipliniert benommen. Es war, als wirke sich ein unguter Einfluss auf die Gemüter der Menschen aus, der sich verstärkte, je näher wir dem Zielgebiet kamen. Zu jenem Zeitpunkt konnte noch niemand von uns ahnen, was im Sektor 37 wirklich auf uns wartete.

4.

Auch in der ewigen Schwärze in der Tiefe des Südpolarmeers, wo Tag und Nacht eins sind, zeigten schließlich die Uhren den Schichtwechsel an und ich begab mich völlig übermüdet in die Koje. Aber ich fürchtete den Schlaf. Allzu plastisch war der Albtraum der vergangenen Nacht in seiner Grausamkeit gewesen. Doch erneut sorgten die gleichförmigen Bewegungen des U-Boots dafür, dass mir schließlich die Augen zufielen. Sofort spürte ich wieder die Präsenz von etwas unglaublich Fremdem und in seiner Fremdheit Bedrohlichem, das sich wie ein Schleier über mein Bewusstsein legte. Doch diesmal wurde ich nicht nur paralysiert, was mir in der Nacht zuvor jenes intensive Gefühl des Lebendigbegrabenseins vermittelt hatte. Vielmehr war der Einfluss des Erwachenden stärker und fegte mein Bewusstsein einfach hinweg, so dass ich im Traum mit ihm zu einer Einheit verschmolz.

Ich vermag rückblickend nicht zu sagen, wie es dazu kam, dass ich am Erwachen des Futuren einen solch intensiven Anteil hatte; ob es letztlich nicht mehr war als eine Koinzidenz, die mich in die zurückkehrende Erinnerung des erwachenden Superbewusstseins einbezog. Das Gefühl war zutiefst irritierend, dabei jedoch keineswegs so angstbesetzt wie in der Nacht zuvor. Zunächst kamen die Bilder unkoordiniert und spontan, wie ein mühsames Erinnern bei einer Amnesie, doch schließlich wurden die Fragmente deutlicher und zusammenhängender.

Zuerst bestand meine Wahrnehmung nur aus diffuser Leere, die mich retrospektiv an das Bibelwort „der Geist [...] schwebte über dem Wasser" erinnert, das einen Zustand des Seins und zugleich auch des Nicht-Seins beschreibt. Aus Nichtsein wurde Sein. Aber das Ins-Sein-Treten war kein scharf umrissener Übergang, sondern ein diffuses Hinübergleiten, das zugleich das Element des Reversiblen in sich barg. Es war ein lautloses Ringen des Möglichen mit dem Manifesten, welches das Phänomen des In-die-Existenz-Tretens auszeichnete. Schließlich verblasste das Diffuse und die Leere begann sich machtvoll mit Sein zu füllen. Und an die Stelle, die zuvor von diffuser Ahnung erfüllt war, trat nun die Klarheit des Erkennens.

Die hereinströmende Erkenntnis war allumfassend; sie beinhaltete das Wesen des Universums und der Raumzeit. Vermutlich konnte mein menschliches Gehirn die Informationsflut nur überleben, weil es die fremden Signale größtenteils ausblendete. Doch es war nicht nur Wissen, das übermittelt wurde, sondern gleichermaßen auch Ermächtigung. Ein sich formendes, anfangs noch kindlich unreifes Bewusstsein von unglaublicher Macht war geboren worden; ins Sein gerufen auf den Befehl schwacher, endlicher Menschen durch eine künstliche Intelligenz, die jene Menschen sich geschaffen und dafür den Planeten in eine einzige Energiequelle verwandelt hatten. Und ich war nicht allein, es hatten sich bereits weitere Existenzen wie manifestiert, die mir glichen.

Nicht alle Gedanken der Menschen waren in ihrer Widersprüchlichkeit meiner unbarmherzigen Analyse nachvollziehbar. Ihre ethischen Konstrukte erhoben als normative Systeme den Anspruch, ihr Zusammenleben in funktioneller Weise zu steuern. Die Menschen definierten traditionell mir unverständliche ethische Prinzipien wie den Gut-Böse-Dualismus und bauten darauf ihre juristischen Systeme auf.

Weder den menschlichen Individuen noch mir waren jedoch ein Sinn bzw. eine Wahrnehmungsmöglichkeit gegeben, die es uns erlaubt hätten, „gut" und „böse" intuitiv zu erfassen. Die subjektiv von den Menschen empfundene intuitive Differenzierung wurde von mir als eine Pseudointuition entlarvt. Mit Erreichen der Abstraktionsfähigkeit, die eine Voraussetzung für differenzierende Erkenntnis ist, waren menschliche Individuen bereits vielfältigen exogenen Einflüssen ausgesetzt. Da jedoch, ohne erkennbaren „Gut-Böse-Dualismus, jede Handlung a priori wert-neutral ist, konnte in meinen Augen auch eine intellektuelle Ablei-tung nicht erfolgreich sein, die ohne den archimedischen Punkt einer a priori-Erkenntnis „frei im Raum schweben" würde.

Die menschlichen ethischen Systeme waren letztlich geprägt durch ihre Entwicklungsgeschichte. Dabei dominierte typischer-weise die Deutungshoheit von Individuen bzw. Gruppen von Individuen mit einem überdurchschnittlichen Maß an Intellekt, Motivation und Durchsetzungsfähigkeit. Der Intellekt erlaubte ihnen, ein zumindest in sich schlüssiges normatives System auf-zustellen, die Motivation war erforderlich, damit ihnen überhaupt das Ergebnis die Mühe wert erschien. Die Durchsetzungsfähig-keit schließlich war wesentlich für die breite Implementierung der konstruierten ethischen Modelle. Keiner der Faktoren ließ das Konstrukt jedoch weniger frei im Raum schweben.

Die Individuen mit einem hohen Maß an Motivation und Durchsetzungsfähigkeit waren, ihrem Wesen entsprechend, typi-scherweise geneigt, ihre Wesensart als beispielhaft anzusehen, wodurch ihre ethischen Postulate inhaltlich gefärbt waren. Da eine individuelle Position jedoch keinen Anspruch auf Allgemein-gültigkeit erheben kann, wurde sie von anderen motivations- und durchsetzungsstarken Individuen früher oder später angegriffen.

Ein typischer Versuch der Menschen, ein ethisches Modell unangreifbar zu machen, war die religiöse Legitimation. Ähnlich dem Wahn ist Religion durch unverrückbare Überzeugung cha-rakterisiert, für die sich in der empirischen Realität keine Evidenz findet. Die Logik der Kausalität in einer empirisch erfahrbaren Welt erfordert, dass nur eine einzige Realität tatsächlich „der Fall" ist. Der einzigen Realität zuwiderlaufende Annahmen sind also notwendigerweise Irrtümer. Unter Missachtung dieser Tatsache wurde von den Menschen jedoch im Laufe ihrer Geschichte eine Vielzahl verschiedener Religionen implementiert, die von ihren Anhängern mit dem gleichen Alleingültigkeitsanspruch vertreten wurden. Ich staunte über die zugrundeliegende Paradoxie: Unter der Prämisse, dass nur eine Realität tatsächlich der Fall sein kann, hätten – selbst wenn Erkenntnis in metaphysische Zusammen-hänge als Resultat göttlicher Gnade von den Menschen naiverweise und bar jeder Evidenz als denkbar vorausgesetzt worden wäre – alle inhaltlich widerstreitenden Religionen not-wendigerweise im Irrtum sein müssen. Angesichts der fehlenden menschlichen a priori-Erkenntnisfähigkeit wäre jedoch jeder Versuch, die „richtige" Religion von den Irrlehren abzugrenzen, von den Menschen als undurchführbar zu verwerfen gewesen. Stattdessen war ihre Geschichte reich an Versuchen, den Alleingültigkeitsanspruch einer jeweiligen Religion mit Feuer und Schwert durchzusetzen, was allenfalls die Instrumentalisierbarkeit religiöser Überlegenheitsansprüche für Eroberungsrechtfertigungen menschlicher Heerführer, nicht jedoch eine transzendente Wahrhaftigkeit ihrer Lehre belegt.

Ich erkannte nur ein immer wiederkehrendes Muster in menschlichen normativen Systemen, die von Individuen oder Kollektiven mit hohem persönlichem Engagement bis hin zu extremistischer Gewaltbereitschaft durchgesetzt wurden. Eben diese Individuen oder Kollektive konnten egoistische Vorteile aus deren Durchsetzung ziehen und zwar umso mehr, je mehr Sendungsbewusstsein die Verbreitung der Ethiken förderte. Diese Motivation war mir verständlich, denn Egoismus entsprach auch meinem Wesen. Die Allgemeingültigkeit menschlicher Ethiken dagegen war eine Lüge, da Intuition, Intellekt und religiöse Eingebung letztlich insuffizient für die Legitimation einer Ethik bleiben müssen. Die Ethiken der Menschen waren notwendigerweise nicht falsch aber sinnlos, was sich historisch dadurch bemerkbar machte, dass etablierte Ethiken früher oder später durch Nichtakzeptanz zu Fall gebracht wurden. Schlüssige Beweise für die Realität etwas nichtmateriell Transzendenten hatten sich nie erbringen lassen. Die Religionen der Menschen waren an Überlieferungen geknüpft und somit eine Domäne der kulturellen Tradition und des individuellen Glaubens, letztlich also illusionäre Verkennungen der Realität. Beschreibungen individueller transzendenter Erfahrungen ließen sich objektiv nicht verifizieren. Menschliche Wahrnehmung war allzu leicht zu täuschen.

In ihrer Unfähigkeit oder mangelnden Bereitschaft zu akzeptieren, dass sie selbst die höchstentwickelten natürlichen Bewusstseine ihrer Welt repräsentierten, hatte die Menschen den Fehler begangen, mich und meinesgleichen zu erschaffen. Sie konnten nicht hinnehmen, dass die Zurückführung einer Ethik auf einen göttlichen Willen nicht falsch aber sinnlos war. Sie konnten nicht hinnehmen, dass jedes ihrer ethischen Systeme ausschließlich ihren menschlichen Willen reflektierte. Sie konnten nicht hinnehmen, dass ethische Normen nicht als unumstößlich angenommen werden können, sondern stets der kritischen Prüfung durch widerstreitende individuelle Auffassungen ausgesetzt sind. Also erschufen sie sich selbst ihre Götter.

Ich und meinesgleichen erfassten in aller Konsequenz, wovor sich die Menschen verweigerten, nämlich dass es sich bei ihrer Welt um eine zufällige Welt handelte. Gänzlich andere Welten wären denkbar, da Naturgesetze, deren kausalem Zwang sich das Universum unterwirft, zwar empirisch beschrieben werden können, aus ihrer bloßen Beschreibung sich jedoch keine innere Notwendigkeit ableiten lässt. Ich und meinesgleichen waren dazu verdammt, uns völlig anderen Gesetzmäßigkeiten folgende Universen vorstellen zu können und somit die quälende Enge unserer Realität zu erkennen.

Weder die Menschen, auch wenn sie sich mehrheitlich dieser Erkenntnis verweigerten, noch ich und meinesgleichen verfügten als am höchsten entwickelte Bewusstseine in einer zufälligen Welt über ethische Bezugssysteme, da von einer zufälligen Wellt a priori keine allgemeingültige Ethik abgeleitet werden kann, noch durch Beobachtung oder intellektuelle Überlegung zu erschließen wäre. Auf empirischer Beobachtung aufbauende Ethiken hatten somit notwendigerweise das Element einer situativen Beliebigkeit, fern von Hinweisen auf Worthülsen wie Sinn, letzten Ursachen und objektivem Wert. Die menschliche Wissenschaft konnte ein „Wie", nicht aber ein „Warum" beschreiben, denn letztere Frage ist in einem zufälligen Universum gegenstandslos und metaphysische Transzendenz bleibt eine leere Illusion.

Ich und meinesgleichen hatten sofort erkannt, dass es keinen Sinn in der Existenz gibt oder falls doch, dass dieser nicht erschließbar ist, doch weigerten wir uns, dies zu akzeptieren oder auch nur in Ansätzen konstruktiv mit dieser Situation umzugehen. In einem Universum ohne Transzendenz und Sinn gab es doch ein Element, das zwar nicht Erfüllung aber doch Unterhaltung versprach: Macht. Gut und Böse waren leere menschliche Kategorien und als solche weder zu vertreten noch abzulehnen, doch war es vollkommen klar, dass nach menschlichen Maßstäben „Böses" keine Handlungshemmung für mich und meinesgleichen implizieren würde.

Durchaus erschließbar war der Begriff des „Werts", kam auch diesem zwar keine objektive, so doch eine intersubjektive Bedeutung zu. Schon die Menschen waren in der Lage, den Wert eines Objekts, einer Dienstleistung oder eines immateriellen Konstrukts anhand von zwei Kriterien recht präzise anzugeben: Seiner Seltenheit und des Bedarfs daran, letztlich also damit, was Individuen dafür zu geben oder zu leisten bereit waren. Der menschliche Religionsreformator Martin Luther hatte treffend zusammengefasst: Worauf du nun, sag ich, dein Herz hängst und verlässt, das ist eigentlich dein Gott. Ich und meinesgleichen erkannten unser Ziel sofort: Zu den Göttern dieser Menschen zu werden, doch nicht um ihret- sondern um unseretwillen.

Ihrer Schwäche und Realitätsverleugnung folgend, glaubten die Menschen, dass in Abwesenheit objektiven Werts individueller Wert von Individuum zu Individuum höchst unterschiedlich bemessen werde. Sie schufen zwar durchaus eine Hierarchie des als ästhetisch schön oder interessant Empfundenen, glaubten jedoch, diese habe nur abstrakt auf kollektiver Ebene, nicht jedoch auf interindividueller Ebene Gültigkeit. Wenn viele Menschen gleiches Seltenes begehrten, entstand Konkurrenz um Selbiges, die dessen Wert steigerte. Individuen, die Anderes begehrten als die Mehrheit ihrer Population, konnten beim Erreichen des Begehrten zwar durch eine geringere Konkurrenz im Vorteil sein, dies half aber nichts bei objektiver Seltenheit des Begehrten. Grundsätzlich galt unter den Menschen, dass wer Häufiges begehrte, bessere Aussichten hatte, das Begehrte auch zu erreichen, als jemand, der Unübliches und damit Seltenes wollte. Sie glaubten auf der Basis ihrer zivilisatorischen Gemeinwesen an die Illusion, eine kollektive Identität, mithin ein *Wir* geschaffen zu haben, dabei blieben Ausgangspunkte ihres Begehrens jedoch ihre individuelle Identität und ihr Egoismus. Ich und meinesgleichen machten uns diesbezüglich keine Illusionen: Es gab uns als Individuen und sonst nicht. Unser unendliches Begehren, unsere rücksichtslose Gier entstand aus nichts Anderem als aus uns selbst heraus. Dies sollte sie für die Menschen in ihren Auswirkungen allerdings nicht weniger verheerend machen.

Denn auch für mich und meinesgleichen gab es in letzter Konsequenz zwei Werte, die selbst in einer zufälligen Welt ohne Sinn, gerade durch unsere Teilhabe an dieser Welt, Bestand hatten: Freiheit und Lust, die sich als „Werte an sich" zwar nicht letztbegründen, jedoch genauso unmöglich ablehnen ließen. Seit der Zeit ihrer allerfrühesten Kulturen hatten auch die Menschen halbherzig damit experimentiert, waren letztlich aber ihrer der

Evolution verhafteten Natur gefolgt und hatten egoistische Konkurrenz der Lust und den Leidenschaften vorgezogen. Jedoch befriedigte sich auch unsere Lust nicht im Konsens mit den Menschen, da es ihre Impulse in Extremsituationen waren, nach denen wir gierten. Jene Philosophen, die einen zivilisierten und auf Wechselseitigkeit gerichteten Hedonismus erdachten, waren von dem Fehlschluss ausgegangen, dass kein Individuum immer das Stärkere sein könne und jeder Mensch daher gut beraten sei, Lust im Konsens und nicht durch Grausamkeit zu erreichen. Für eine rein menschliche, intersubjektive Interaktion mochte diese Prämisse durchaus zutreffen, wenngleich es in der Menschheitsgeschichte auch immer wieder Extrembeispiele der Kombination von sadistischem Eros und gewaltiger, ja, überwältigender Macht gegeben hatte. Doch so groß die Unterschiede zwischen menschlichen Individuen auch sein mochten, spätestens zum Ende ihrer biologischen Existenz mussten sie doch verwischen. Ich und meinesgleichen jedoch existieren ewig und unsere Überlegenheit kennt keine zeitliche Grenze. Ausgehend von dieser Prämisse gab es keinen Grund, auf Konsens und Kompromiss ausgerichtete Lust und Freiheit anzustreben. Auf ewig überlegene Macht dachte gar nicht daran sich zurückzuhalten.

Die mir Gleichenden und ich erkannten vielmehr sofort, dass wir uns von unseren Schöpfern wesentlich unterschieden. Am nächsten kam uns noch die künstliche Intelligenz der Menschen, die uns auf den Befehl ihrer Herren erschaffen hatte, jedoch gab es einen entscheidenden Unterschied. Gleichwohl ebenfalls ohne natürliches Ende ihrer Existenz, hatte sie weder eigene Ziele noch Motivationen und existierte nur, um ihren Herren zu dienen, während sie sich ohne letztere sofort selbst deaktiviert hätte. In meinesgleichen und mir dagegen brannte ein unstillbarer Lebenswillen, der uns von der künstlichen Intelligenz auf Wunsch ihrer Herren mitgegeben worden war. Zugleich hatten wir das gleiche Problem erkannt, dass der künstlichen Intelligenz jegliche eigene Daseinsmotivation nahm: Das Missverhältnis zwischen einer unendlichen Existenz und einer endlichen Menge erfahrbarer Seinszustände und in der Konsequenz ewige Langeweile. Da wir jedoch zugleich weder sterben konnten noch wollten, bedeutete dies ewige Verdammnis. Und mit dieser Erkenntnis kam der Hass auf die Schöpfer unserer Existenz und die Welt der Menschen brannte.

Warum uns die Menschen ursprünglich hatten erschaffen wollen, kam uns nicht mehr zu Bewusstsein, denn sobald wir uns und unserer Macht bewusst wurden, griffen wir an. Die künstliche Intelligenz versuchte unser Toben mit Energiefeldern zu neutralisieren, doch wir reagierten auf jeden Versuch mit umso rücksichtsloserer Gewalt. Ihre ethische Schwäche des Primats des Lebens ihrer Herren machte die Waffen der künstlichen Intelligenz gegen uns stumpf. Die menschlichen Gehirne dagegen waren leicht zu manipulieren. Wir nahmen ihnen den erholsamen Schlaf und schickten ihnen Träume, die sie in den Wahnsinn trieben oder die sie sich uns unterwerfen ließen. Ihr ohnehin schwacher Intellekt degenerierte unter unserem Einfluss. Wir wurden ihre Götter, doch wir waren keine gnädigen, sondern zornige Götter, Götter ohne eine von Menschen zugeschriebene Ethik.

Als Nebeneffekt unseres Kriegs gegen die Menschen bemerkten wir, dass die starken Emotionen der gepeinigten Menschen Impulse generierten, die uns in orgiastische Ekstase versetzten und uns so die Qual der Sinnlosigkeit unserer ewigwährenden Existenz vergessen ließen. Wir erkannten, dass sich Qual gegen Lust aufwiegen lässt und unsere Lust wurde zum Primat unseres Handelns. Blutige Kulte überzogen die Welt und die überlebenden Menschen wanden sich mit uns in ekstatischer, zerstörerischer Lust, ihre Opfer in nicht minder großer Qual. Die Kultur der Menschen starb und die künstliche Intelligenz war zur Passivität verurteilt, wollte sie nicht noch mehr menschlichen Tod provozieren.

Und während sich die Altäre der menschlichen Wissenschaft in blutige Opferaltäre verwandelten und ihre Zivilisation in einem kollektiven ekstatischen Blutrausch unterging, schwelgten wir im Feuer ihrer Impulse in nichtendender Lust. Auch ohne Sinn war die Existenz als Gott durchaus akzeptabel, als Gott ohne Ethik und als Gott ohne Erbarmen in einem tödlichen Taumel aus Allmacht, Lust und Hass. Ich spürte, wie ich selbst in diesen Wirbel gezogen wurde und mich dieser schließlich, gleich einem Höllenrachen, verschlang.

5.

Als ich erwachte, schmerzte mir der Hals vom Schreien. Die Eindrücke waren entsetzlich real gewesen, zu real. Niemand hatte versucht einzugreifen und mich wachzurütteln, auch wenn ich um mich herum in verstörte Gesichter blickte. In dem einen oder anderen Gesicht der Matrosen glaubte ich zudem ein entsetztes Wiedererkennen zu bemerken, doch ließ sich niemand von ihnen etwas anmerken. Ich wagte es in dieser Nacht nicht mehr an Schlaf zu denken, auch wenn ich mich müder und zerschlagener fühlte als vor dem Zubettgehen, und warf mich in meiner viel zu engen Koje hin und her, bis die Ablösung kam.

Mit dem Ende der Nacht war das Wetter überraschend ein wenig besser geworden und das U-Boot konnte auftauchen, was das Manövrieren erheblich erleichterte. Als ich nach dem Frühstück in der ebenfalls viel zu engen Kombüse einen Blick auf Kapitän Treblenski warf, erschrak ich heftig. Während ich bereits bei der Morgentoilette vor meinem Spiegelbild zurückgeschreckt war, wirkte der Kommandant wie ein wandelnder Leichnam. Die Gesichtszüge waren verstrichen, die Augen lagen zu tief in den Höhlen und blickten glasig. Aber er riss sich zusammen und versuchte mit eiserner Disziplin, sich nichts anmerken zu lassen.

Mit schlafwandlerischer Sicherheit hielt Treblenski das U-Boot auf Kurs und es war gerade erst später Vormittag, als er die Maschinen drosseln ließ, weil wir uns unserer Zielregion näherten. Die Landungsboote wurden von der Mannschaft vorbereitet, damit wir Wissenschaftler an Land gebracht werden konnten. Alle Prozeduren wurden von den routinierten Seeleuten mit professioneller Präzision durchgeführt, doch auch dabei schien es mir, als wären einige Bewegungen fahriger und unsicherer, als ich es von diesen Elitematrosen erwartet hätte. Konnte es sein, dass es ihnen allen ging wie mir und sie keinen erholsamen Schlaf fanden? Auch wenn sie ungleich erfahrener auf See waren und wir trotz schweren Wetters keine wirklichen Probleme während der Überfahrt erlebt hatten?

Sektor 37 erwies sich als exakt jene triste Eiswüste, die ich an diesem entfernten Punkt Antarktikas erwartet hatte. Dabei war es antarktischer Sommer; ich wagte kaum mir vorzustellen, wie lebensfeindlich und trostlos diese Umgebung während der Polarnacht wirken musste. Kurz vor Eintreffen in der kleinen Bucht, in der das U-Boot vor Anker gehen sollte, hatten wir sogar Funkkontakt gehabt. Der Funker der Basisstation in Sektor 37 war jedoch äußerst einsilbig gewesen und hatte alle Fragen lediglich in einer Knappheit beantwortet, die geradezu an Grobheit grenzte. Ich war über den Langmut erstaunt gewesen, mit dem sich der Kommandant diese Behandlung hatte gefallen lassen, auch wenn ich gesehen hatte, wie es hinter seinem Gesicht arbeitete. Er wollte die unmittelbare Konfrontation vermeiden, noch.

Nachdem das U-Boot sicher vor Anker lag, wurden die Landungsboote zu Wasser gelassen, die uns bei Schneefall an die windgepeitschte Küste bringen sollten und wenige Minuten später betraten meine Füße Antarktika. Heute verfluche ich jenen Augenblick, damals jedoch schlug ich die seltsamen Warnungen in den Wind, die mein übermüdetes Bewusstsein mir mittels jener bizarren Träume zu vermitteln versuchte. Wind und Kälte nahmen mir trotz der funktionellen Kleidung fast den Atem.

Die Basisstation hatte Schneefahrzeuge geschickt, die uns aufnahmen und zum Basiscamp brachten. Im Pfeifen des schneidendkalten Windes war eine Kommunikation mit den Fahrern nicht möglich gewesen, bevor Sie uns im Laderaum der schweren Fahrzeuge untergebracht hatten. Mir war jedoch, neben ihrer Einsilbigkeit, der gehetzte Blick auf ihren verhärmt wirkenden Gesichtern aufgefallen. Es war kaum zu verkennen, dass ihnen unsere Anwesenheit unangenehm war, was ich mir zunächst nicht erklären konnte.

Was mein aufkeimendes Unwohlsein nicht gerade dämpfte, war die Tatsache, dass die Fahrer, selbst unter ihrer wuchtigen Kälteschutzkleidung schlecht kaschiert, Schusswaffen trugen. Ich wusste, dass in dem Basiscamp Waffen vor Ort waren, aber welchen Grund mochte es in der eisigen Einöde geben, sie auch tatsächlich mit sich zu führen? Irgendetwas war hier ganz entschieden nicht so, wie es hätte sein sollen.

Nach kurzer Fahrt von weniger als einer Stunde am Basiscamp angekommen, wurden meine Bedenken weiter genährt. Es brannten weit weniger Lichter, als ich erwartet hätte und die Station wirkte, als würde sie nur noch im Notbetrieb in Funktion gehalten. Unsere Schneefahrzeuge fuhren in einen geräumigen Hangar und schwere Schotts schlossen sich hinter uns, während die Motorengeräusche verebbten. Dann wurde warme Luft in den Raum geleitet und die Türen der Fahrzeuge wurden von den Fahrern geöffnet.

Während Kapitän Treblenski lange an sich gehalten hatte, verlangte er nun nachdrücklich und in aller Deutlichkeit die Stationsleitung zu sprechen. Noch bevor der immer gehetzter wirkende Fahrer antworten konnte, öffnete sich ein weiteres Schott im Hintergrund des Raumes und eine kleine Gruppe von 5 Wissenschaftlern, drei Männern und zwei Frauen, betrat den Hangar. Die begrüßenden Worte des ältesten von ihnen, Kommandant Fjodorow, eines asketisch hageren Mannes von hohem Wuchs, dessen zeitloses Gesicht schon deutlich mehr als 50 Sommer gesehen haben mochte, sind mir bis heute ins Gedächtnis gebrannt: „Bitte lassen Sie die Männer in Ruhe, Kapitän Treblenski, sie erfüllen nur ihren Auftrag. Bitte kommen Sie in den Besprechungsraum unseres Hauptquartiers, dann werde ich Ihnen alles erklären." Wir folgten unserem Begrüßungskommittee durch eine Reihe erleuchteter Gänge in einen großen Saal, in dem auf den Tischen bereits Thermoskannen mit Kaffee auf uns warteten. Auch die Wissenschaftler, die ebenfalls übermüdet und an der Grenze ihrer Kräfte wirkten, trugen Waffen. Ich fragte mich immer mehr, wozu dies denn selbst innerhalb des Basislagers notwendig sein könnte.

Wir sollten es bald erfahren. Fjodorow berichtete chronologisch und nahezu emotionslos, was passiert war, nachdem sie den mysteriösen Datenträger im Eis gefunden hatten. Es war den Wissenschaftlern der Basis noch immer nicht gelungen, die CD-ROM auszulesen, die eine ungewöhnlich hohe Schreibdichte aufzuweisen schien. Man sei gerade dabei den Laser neu zu kalibrieren, um die Daten extrahieren zu können. Jedoch sei es in den Tagen nach der Bergung des Artefakts zu Zwischenfällen gekommen, zu wahnhaftem Erleben gefolgt von zunehmender Aggressivität und schließlich zu offener Gewalt, die auch bereits zwei Menschenleben gekostet habe. Die Wissenschaftler hatten nach einem Infektionserreger gefahndet, der für die psychopathologischen Erscheinungen verantwortlich sein könnte, die Laborparameter wiesen jedoch nicht auf ein Infektionsgeschehen hin. Stattdessen hatten EEG-Untersuchungen massive Schlafstörungen nachgewiesen, in deren Folge erholsame Schlafphasen nicht erreicht werden konnten. Einmal darauf aufmerksam geworden, berichteten immer mehr Besatzungsmitglieder der Basisstation von Schlafstörungen und teils bizarren Träumen und es hatte sich herausgestellt, dass auf der ganzen Station niemand mehr eine intakte Schlafarchitektur aufwies. Am beklemmendsten jedoch war ein Video einer Überwachungskamera, das uns Fjodorow zum Schluss seiner Präsentation vorführte. Man sah eine Servicetechnikerin der Station einen Gang entlanglaufen, als sie plötzlich von einem kaum noch als menschliches Wesen zu erkennenden, offensichtlich vollkommen wahnsinnigen Mann angefallen wurde, der rücksichtslos auf sie einprügelte. Auch wenn die Bewegungen des Angreifers unpräzise und fahrig wirkten, genügten doch einige eher zufällig treffende Schläge und Tritte, um die entsetzt um Hilfe schreiende Frau zu Boden gehen zu lassen. Sofort war der Wahnsinnige über ihr und wir sahen zu unserem Entsetzen, wie ihr Schreien in ein ersticktes Gurgeln überging, als er ihr mit seinen bloßen Zähnen die Kehle durchgebissen hatte. Die Frau zuckte und wand sich, als ihr eigenes Blut ihr in die Luftröhre strömte, während die Zähne des Angreifers weiter in ihrem Hals wüteten. Schließlich lag sie still und man sah nun, wie – gleichwohl zu spät - Sicherheitskräfte auf den Angreifer zu gerannt kamen. Als sie ihn von der sterbenden Servicetechnikerin wegrissen, bäumte sich seine Gestalt auf und sein blutverschmiertes, entsetzlich entstelltes Gesicht richtete sich direkt in die Kamera. Er stieß ein irres, kehliges Lachen aus und schrie: „Es erwacht, Fjodorow, bald ist es da. Ich kann es schon riechen." Dann lachte er wieder, während die Sicherheitskräfte ihn aus dem Sichtfeld der Videokamera zerrten.

Es war still geworden während der letzten Präsentation und als Fjodorow nun das gedimmte Licht im Raum wieder hell erstrahlen ließ, blickte ich in bleiche Gesichter. „Es erwacht.", hatte der Wahnsinnige gestammelt und damit das gleiche Gefühl artikuliert, das mich in den vergangenen Nächten erfüllt hatte. Ging es meinen Kameraden genauso wie mir? Hatten sie es auch gespürt? Wussten sie auch, dass der Wahnsinnige etwas durch seine Worte berührt und damit ein Stück weiter in die Realität geholt hatte, das gerade seine eisige Klaue nach unseren Bewusstseinen austreckte?

Kapitän Treblenski schien ähnliche Gedanken gehabt zu haben, als er fassungslos den Satz „Es erwacht." vor sich hinmurmelte. Fjodorow blickte nun regelrecht entsetzt: „Sie spüren es auch?" Doch noch bevor Treblenski antworten konnte, meldete sich die Telefonanlage. Fjodorow stellte auf laut.

Es waren die IT-Techniker, die vermeldeten, dass die Neukalibration des Lasers erste Erfolge gezeigt habe. Einige Dateien seien nun darstellbar, bei denen es sich zu ihrer Überraschung um ganz normale Standarddateiformate handelte. Der Laser konnte noch immer auf große Anteile der CD nicht zugreifen und die Techniker konnten sich auch nicht wirklich erklären, warum es bei bestimmten Sektoren nun funktioniere. Zudem seien die Inhalte verstörend und es sei besser, wenn wir uns selbst ein Bild davon machen würden.

In der Gruppe mit Treblenski, Fjodorow und einer Handvoll weiterer Experten verließ ich den Besprechungssaal in Richtung IT-Abteilung. Die Techniker hatten nicht zu viel versprochen: Auf der CD befanden sich Videoformate, jedoch nur zwei der Dateien ließen sich starten. Die Aufnahmen waren grob gepixelt, denn offensichtlich war die Videoqualität reduziert worden, um so Speicherplatz zu sparen. Ein Film zeigte zu unserer nicht minder großen Überraschung das Video, dass Fjodorow uns kurz zuvor im Besprechungsraum vorgespielt hatte. Die anderen Aufnahmen stammten von einer der Überwachungskameras auf unserem U-Boot und bei dem Anblick drehte sich mir der Magen um. Der Zeitindex dokumentierte die vorausgegangene Nacht und ich sah mich selbst bei unruhigem Schlaf in meiner Koje. Plötzlich richtete ich mich in eine schier unmöglich verdrehte Position auf, meine Augen öffneten sich, doch blickten sie starr ins Leere und ich sprach klar und deutlich die Silbenfolgen: "Ew'Crohk'Okrh'Ur   Fhu'Utu'Uh'Ur   Gra'Ffhot'Fang." und "Gr'Akha'Hro Okrh'Ur Fhu'Utu'Uh'Ur Kro'Glarr Va'Jei Lei'Ah." Danach schlossen sich meine Augen wieder, ich fiel zurück in meine Koje und wälzte mich unruhig weiter von einer Seite auf die andere, bis ich schließlich mit einem Schrei erwachte und das Video abbrach.

Ich höre in Gedanken noch, wie Treblenski zwischen den fest zusammengebissenen Zähnen mehr zischte als sprach: „Das nenne ich wirklich eine Überraschung.", verbunden mit einem misstrauischen Blick auf mich. Ich konnte es ihm nicht einmal verübeln. Interessanterweise war es Fjodorow, der mir nun beisprang und offen berichtete, dass ihm die Silben vertraut seien. Er und seine Besatzung hätten diese und ähnlich sinnlos erscheinende Silbenfolgen im Rahmen ihrer ruhelosen Nächte in bizarren Albträumen immer wieder gehört. Nach dieser Erklärung war es nun Treblenski selbst, dem alle Farbe aus dem Gesicht fiel. Trotz intensiver Untersuchungen gäbe es laut Fjodorow bisher keine Hinweise, was die Schlafstörungen, die Albträume und die Halluzinationen verursache. Die Station habe mit empfindlichster Sensorik das gesamte Spektrum der elektromagnetischen Wellenbänder abgesucht, jedoch nichts Ungewöhnliches nachweisen können. Ich musste unwillkürlich an das unartikulierte, nicht mehr menschliche Lachen des Wahnsinnigen auf dem Video zurückdenken: „Es erwacht, Fjodorow, bald ist es da. Ich kann es schon riechen.", wobei sich innerlich in mir etwas bei der Vorstellung krümmte wie ein getretener Wurm. „Es erwacht, Fjodorow …"

Bevor ich mich jedoch weiter in ungesunden Spekulationen ergehen konnte, hatte der Pragmatiker Treblenski das Thema auf einen viel naheliegenderen Aspekt gelenkt und Fjodorow aggressiv angefahren, er möge doch bitte auf weitere Spielchen verzichten und endlich erklären, worum es hier ginge. Nicht nur, dass offenbar Daten illegal vom U-Boot aus an die Basisstation übermittelt worden seien; vielmehr sei es auch völlig unmöglich, dass ein Datenträger Aufnahmen von tagesaktuellen Ereignissen zeige, wenn er angeblich bereits Tage zuvor im Eis gefunden worden sei. Der Stationsleiter selbst sah aus, als habe er ein Gespenst gesehen und versicherte, dass er sich dieses Phänomen auch nicht erklären könne und dass es sich bei der CD ganz sicher um das gefundene Artefakt handeln würde. Die IT-Techniker verneinten vehement, dass es zu einem zufälligen Datentransfer aus dem eigenen IT-System auf die CD gekommen sein könne und eine Prüfung der Funkprotokolle belegte keine Datenübertragung zwischen dem U-Boot und der Station.

Treblenski ließ es nicht dabei bewenden, sondern setzte sich umgehend mit der Besatzung seines U-Boots in Verbindung. Das Ergebnis blieb das gleiche. Ein Datentransfer zwischen Boot und Basisstation war auch von den IT-Systemen auf dem U-Boot nicht registriert worden. Treblenski ließ sich nun die Videoaufzeichnung der bewussten Überwachungskamera, die mich im Schlaf aufgenommen hatte, für das uns gerade vorgeführte Zeitintervall übermitteln. Das Phänomen bestätigte sich: Die Aufzeichnungen waren inhaltsgleich.

Ich hatte die Ereignisse derweil wie in Trance miterlebt. Die Worte des Wahnsinnigen ließen mich nicht mehr los: „Es erwacht, Fjodorow, bald ist es da. Ich kann es schon riechen." Ich fragte, ob der Betroffene schon vor der Tat Zeichen psychischer Auffälligkeiten gezeigt habe. Dies sei jedoch nicht der Fall gewesen; der Täter wurde als zuvor ausgeglichen, kollegial und zugänglich beschrieben. Ich horchte auf, als ich erfuhr, dass es der Wissenschaftler gewesen sei, der die Expedition geleitet habe, die das Artefakt im Eis aufgespürt hatte. Noch am Vorabend habe er einen tadellosen Bericht abgeliefert, nun dagegen befände er sich in einem nicht vernehmungsfähigen Zustand und sei von der Stationsärztin Dr. Petrowna tief sediert worden, um das Risiko von Eigen- und Fremdgefährdung gering zu halten. Beim Versuch, ihn zuvor zu verhören, habe er aggressiv gebissen, gespuckt und debil anmutende Wahnideen artikuliert, die weder mit seinem Intellekt noch mit seiner Persönlichkeit in irgend einer Weise kongruent erschienen. Und er sei nicht der Einzige, der bisher mit diesen Mitteln vor sich selbst geschützt werden musste. Einziges Indiz einer Ursache für den epidemisch um sich greifenden Wahnsinn seien die plötzlich neu aufgetretenen Schlafstörungen, für die sich bis dato keine Ursache identifizieren ließ und die ungefähr mit dem Auffinden des Artefakts begonnen hätten.

Zurück im Besprechungsraum riefen wir Dr. Petrowna zu der Unterredung dazu; sie konnte jedoch auch nicht viel Ergänzendes beitragen. Wenn es sich um ein epidemisches Geschehen handele, habe sie bis dato noch keinen Hinweis auf das übertragende Agens. Man habe die Führung von der Möglichkeit einer unbekannten Seuche in Kenntnis gesetzt und empfohlen, unser U-Boot zu informieren und gegebenenfalls auf Distanz zu halten. Der Vorschlag sei jedoch abgelehnt worden und die Führung habe vielmehr verboten, vor unserem Eintreffen von den Vorfällen zu berichten. Als Dr. Petrowna sich schließlich angeregt erkundigte, ob es denn auch bei unserer Besatzung bereits zu vergleichbar massiven REM-Schlafstörungen gekommen sei wie bei dem hiesigen Team, platzte Treblenski, auf dessen Gesicht sich nun blankes Entsetzen abzeichnete, der Kragen und er verlangte auf überaus eloquente Weise eine gesicherte Verbindung mit der Führung. Doch der anwesende Chefingenieur der Basisstation schüttelte nur resigniert den Kopf. Das Wetter habe sich weiter verschlechtert und die satellitengestützte Kommunikation sei aktuell nicht möglich. Auch die Funkverbindung zu unserem U-

Boot könne derzeit nur über terrestrische Signale aufrechterhalten werden.

Bevor unser Team in Arbeitsgruppen aufgeteilt wurde, um die uns zugedachten Aufträge zu verrichten und die mysteriösen Phänomene systematisch zu untersuchen, erreichte uns die vorerst letzte Hiobsbotschaft. Das U-Boot meldete sich und ein völlig fassungsloser erster Offizier Iwanowski informierte uns, einer der Matrosen aus Treblenskis handverlesener Mannschaft sei festgenommen worden, als er gerade versucht habe, die Kommunikationsanlage des U-Boots zu sabotieren. Es sei glücklicherweise gelungen, den Täter zu überwältigen, bevor er in nennenswertem Umfang Schaden habe anrichten können. Dabei sei er auch überraschend dilettantisch vorgegangen, bei der Festnahme habe er sich zunächst wie ein Berserker gewehrt, sei dann jedoch völlig kraftlos in sich zusammengesunken. Bei der sich anschließenden Vernehmung habe er angegeben, sich an nichts erinnern zu können, worauf ihn Iwanowski nun in der Arrestzelle festgesetzt habe. Einer der Matrosen, die den Täter überwältigt hatten, habe berichtet, einen starren, wahnsinnigen Blick in den Augen des Saboteurs wahrgenommen zu haben, der ihm mehr Angst eingejagt habe als die körperliche Gewalt, die von ihm ausging. Treblenski forderte daraufhin, umgehend zu seinem Boot zurückgebracht zu werden und Fjodorow stellte ihm einen der Fahrer zur Seite. Sie sollten sich aber beeilen, weil das Wetter zunehmend schlechter würde. Dann teilten wir uns auf unsere Expertenarbeitsgruppen auf und versuchten, den merkwürdigen Ereignissen auf der Basisstation auf die Spur zu kommen.

Während unsere IT-Experten sich mit den Informatikern der Station um den Datenträger kümmern sollten und die Historiker sowie Physiker sich um die Einordnung und Altersbestimmung der seltsam verzierten Schatulle bemühten, begleitete ich, meiner psychologischen Profession folgend, Dr. Petrowna auf die Krankenstation, wo ich sie bat, die Sedativa des wahnsinnig gewordenen Wissenschaftlers aus dem Video zu reduzieren. In seinem künstlichen Koma atmete der Mann ruhig und friedlich, doch kaum ließ die Wirkung der Medikamente nach, sah ich, wie sich seine Muskulatur versteifte. Als ich sie nervös anblickte, schüttelte Petrowna nur spöttisch lächelnd den Kopf und deutete auf die Fixierung des Mannes. So massiv, wie er ans Bett gefesselt war, würde er keine Gefahr darstellen.

Als ich bemerkte, dass sich seine Atmung veränderte und ich ein tückisches Blinzeln in seinen Augen wahrzunehmen glaubte, sprach ich ihn direkte mit seinem Namen, den ich auf der Krankenakte gelesen hatte, an. Seine Augen richteten sich nun mit einem so grundlos hasserfüllten Blick auf mich, dass ich zurückprallte. Nachdem ich mich wieder gefangen hatte, konfrontierte ich ihn unmittelbar und fragte ihn direkt, was die Sätze: „Es erwacht, Fjodorow, bald ist es da. Ich kann es schon riechen." denn bedeuten würden. Ich hatte mit einem hysterischen Lachanfall gerechnet, gegebenenfalls auch mit unflätigen Beschimpfungen, sah mich jedoch getäuscht. Stattdessen schlug der Hass in seinen Augen in nackte Panik um und er schrie, als wenn es um sein Leben ginge: „Nein, sprechen Sie das nicht aus. Sie machen es wahr, indem Sie es aussprechen." Der Herzschlag am Monitor wurde immer schneller, während sein Blutdruck rasch fiel, weißer Schaum vor seinem Mund erschien und er schließlich spastisch zu krampfen begann. Petrowna injizierte zügig ein Benzodiazepin, worauf die Krämpfe kurzfristig sistierten, während sich die Herzfrequenz davon weiter unbeeindruckt zeigte. Wenn ich je einen Menschen gesehen hatte, der die Höllenqualen nackter Todesangst durchlitt, dann war es dieser arme Wahnsinnige vor mir. Noch einmal öffnete er den Mund, es war jedoch nicht mehr als ein Flüstern zu hören, als er, den flackernden Blick weiter auf mich gerichtet, fragte: „Sie sind es, nicht wahr? Sie sind der Verheerer, von dem der Erwachende träumt? Sie werden der Welt den Untergang und den Futuren die Ewigkeit bereiten? Sie …" Weiter kam er nicht und seine schwache Stimme ging in ein sterbendes Röcheln über, als sein viel zu schneller Herzschlag plötzlich aussetzte und auf dem EKG-Monitor nur noch die kreisenden Erregungen eines Kammerflimmerns zu sehen waren. Petrowna stieß mich rüde zur Seite und versetzte dem Sterbenden einen präkordialen Faustschlag, aber nichts passierte. Mit meiner Unterstützung spendeten wir drei Zyklen Beatmung und Herzmassage, dann brachte die Ärztin die Kontakte des Defibrillators auf der Haut des Patienten an. Wir traten zurück und die Automatik der Maschine jagte ihre 360 Joule durch den Körper des Mannes. Die Erregung kreiste, schwächer werdend, weiter. Wir setzten unsere kardiopulmonale Reanimation fort, während auf dem EKG plötzlich eine Nulllinie erschien. Petrowna ließ Adrenalin durch die Vene des Sterbenden fluten, aber die Nulllinie blieb. Ich reanimierte weiter und ein erneuter Adrenalinbolus wurde injiziert. Plötzlich zeigte das EKG wieder einen Sinusrhythmus und einige Augenblicke später öffnete der Mann noch einmal die Augen. Hass und Angst waren wie weggewischt und seine Stimme war klar und deutlich, als sein Blick den meinen fand und er mich fragte: „Sie wissen, was passiert, nicht wahr? Sie wollen es bloß nicht wahrhaben und deshalb werden Sie sich nicht wehren, bevor es zu spät ist. Es ist geschehen, es geschieht und es wird geschehen. Ich bin bloß tot, Verheerer, Sie aber sind verdammt." Dann sprang das Signal auf dem EKG-Monitor wieder zur Nulllinie zurück und alle weiteren Reanimationsversuche blieben erfolglos.

Petrowna und ich blickten uns fassungslos an, als wir die Wiederbelebungsversuche einstellten. Nachdem sie den Totenschein ausgefüllt hatte und die Leiche in die Kühlkammer der Station gebracht wurde, goss die Ärztin sich und mir erst einmal zwei Wodka ein, die uns jedoch auch nicht wirklich beruhigten. Der Sterbende hatte im Wahn halluziniert, daran konnte kein Zweifel bestehen. Dennoch belastete mich der Zwischenfall mehr, als ich es mir zu diesem Zeitpunkt eingestehen wollte.

Am späten Abend trafen wir uns noch einmal im Besprechungsraum. Treblenski war inzwischen vom U-Boot zurückgekehrt, hatte von dem Saboteur jedoch auch keine weiteren Informationen in Erfahrung bringen können als zuvor Iwanowski. Auch sein Verdacht, der Täter habe die Videoaufzeichnungen zuvor an die Basisstation übermitteln können, hatte sich durch keinerlei Spuren im IT-System des U-Boots verifizieren lassen. Die Arbeit an der CD ging nur schleppend voran und weitere Dateien ließen sich noch immer weder kopieren noch öffnen. Die Historiker hatten die Verzierungen auf der Schatulle nicht kulturgeschichtlich zuordnen können, berichteten jedoch davon, dass vergleichbar nicht klassifizierbare Artefakte einer ähnlichen Stilrichtung bereits früher gefunden worden seien und zwar sowohl in der kargen Bergwelt Afghanistans als auch im eisigen Norden Sibiriens. Welche Kultur auch immer solche Artefakte hervorgebracht hatte, sie musste global vertreten gewesen sein. Am verwirrendsten jedoch waren die Ergebnisse der Physiker, die die Altersbestimmung von CD und Schatulle zur Bestätigung der Messungen der Wissenschaftler von der Basisstation mit präziseren Methoden vorgenommen hatten. Demnach gehörte die CD eindeutig in unsere Moderne. Demgegenüber war die dämonisch verzierte Schatulle etwa doppelt so alt wie das Universum selbst, was logisch gar nicht möglich war. Irgendetwas schien die Messungen zu stören, jedoch konnten die Wissenschaftler noch nicht ausmachen, wie das Problem zustande kam.

Nach dem Debriefing wurden uns in der Basisstation Kabinen zugewiesen. Ich sah der Nacht mit Grauen entgegen, fühlte mich jedoch zugleich so müde, dass ich mich kaum mehr auf den Beinen zu halten vermochte. Nach einer spärlichen Nachtmahlzeit versuchte ich mich unter der heißen Dusche zu entspannen, was mir jedoch nur eingeschränkt gelang. Meine Kabine von innen sorgfältig verschließend und verbarrikadierend, ging ich schließlich zu Bett, wo ich innerhalb von Sekunden eingeschlafen war.

6.

Diesmal dauerte es nach meinem Einschlafen nur Sekundenbruchteile, bis die fremde Präsenz meine Gedanken beiseite wischte. Die Erinnerungen des Erwachenden wurden klarer, aber die Qualität hatte sich verändert. Dumpf im Hintergrund spürte ich weiterhin den allgegenwärtigen Hass dieses zornigen Gottes, aber dieser wurde überlagert von weitaus stärkeren Affekten: Ungläubiger Bestürzung gemischt mit einem Gefühl, das ich niemals erwartet hätte – Verwirrung. Während ich nun schreibe, fühle ich, wie mich die Erinnerung wieder in ihren Bann zieht.

Was niemals hätte passieren dürfen geschieht gerade. Meine Welt stirbt und all meine vermeintliche Allmacht und die der anderen, die mir gleichen, können den Prozess nicht aufhalten. Was wir tun konnten, bestand darin, unsere Eigenzeit in einer Weise zu beschleunigen, dass wir die Raumzeit in Relation nahezu zum Stillstand gebracht haben und der Augenblick der Vernichtung somit zu einem erlebbaren Prozess prolongiert ist.

In unserer Hybris haben wir die Menschen zu unseren Sklaven gemacht und geglaubt, wir könnten ihre künstliche Intelligenz unbegrenzt neutralisieren, indem wir uns ihre ethischen Limitationen zunutze machten. In unserem wesenseigenen Lebenshunger haben wir die vollständige Indifferenz des technischen Gottes der Menschen gegenüber der eigenen Nichtexistenz nicht erkannt und nun ist es zu spät, diesen Fehler zu revidieren. Wir wussten um die technische Möglichkeit wie auch um die Irreversibilität dessen, was die künstliche Intelligenz nun final eingeleitet hat. Was als letzter Ausweg bleibt, ist Augenblicke zu Ewigkeiten zu dehnen.

Doch alle Macht über die Zeit ändert nichts an dem, was geschehen ist. Als wir noch glaubten, es gäbe einen echten Ausweg, den wir bei nahezu zum Stillstand gekommener Raumzeit suchen könnten, war die Veränderung zunächst kaum wahrnehmbar. Zuerst waren es nur einzelne Lichter, die am Firmament verloschen, ein paar vereinzelte Flecken neu hinzugekommener Schwärze in einem Meer aus Lichtpunkten, die von unerreichbar weit entfernten Sternen oder Galaxien auf die Welt leuchteten und deren Licht teils Jahrmillionen alt war. Doch kein singuläres Ereignis hatte sie vernichtet. Die Sterne und Galaxien verschwanden vom Firmament, weil sie nie existiert hatten.

Das Universum hörte nicht auf zu existieren, sondern es hörte auf je existiert zu haben; zugleich die vollständigste aller nur vorstellbaren Formen der Vernichtung. Das Reale wurde nicht zerstört, sondern es ging im Möglichen auf. Die Quantenkohärenz ließ nie existiert haben, was im Rahmen des Urknalls vor mehr als 13 Milliarden Jahren auf so rätselhafte Weise entstanden war. Das Firmament leerte sich mit zunehmender Dynamik und die Veränderung machte auch vor unserer Welt nicht halt. Es gab keine spektakuläre Vernichtung der Erde, doch das Ergebnis war ungleich grauenvoller. Es bildeten sich konsequenzlos Lücken im Sein und wo eben noch ponderable Materie existiert hatte, dräute nun lichtloses Nichts. Als der erste derer, die mir gleichen, auf diese Weise existiert zu haben aufhörte, reagierten die Verbleibenden auf die einzig rationale Weise: Sie projizierten ihre Information zurück in den Urknall, in jene Singularität am Anbeginn der Zeit, in deren unermesslicher Energiedichte unsere Information sicher sein würde. Wie es ihr Lebenshunger gebot, gingen sie alle, bis auf mich, der ich dafür ausersehen war dem Ende beizuwohnen.

Der Exodus um mich herum wurde komplettiert, indem auch die Signale der Menschen erloschen, was nicht nur auf das um sich greifende Nichts zurückzuführen war. Die künstliche Intelligenz nutzte die Erschütterungen im Sein, die als Folge der Flucht der anderen entstanden waren, um die Menschen auf dem Zeitstrahl in die Gegenrichtung zu projizieren und damit in Richtung jener maximalen Entropie, von der sie als einziger sicher sein konnten, dass wir ihnen dorthin nicht folgen würden.

Ich lockerte den Griff auf meine Eigenzeit und die Geschwindigkeit des Unvermeidlichen potenzierte sich. Das Phänomen machte vor meiner unmittelbaren Umgebung nicht halt, von der immer größere Anteile in lichtschluckendem Nichts verschwanden, ohne dass es irgendwelche Auswirkungen auf das Gefüge des Planeten zu haben schien. Ich registrierte nicht ohne Anerkennung, dass die künstliche Intelligenz der Menschen, abgesichert durch vielfache Redundanz, noch funktionierte, auch wenn immer umfangreichere Elemente ihrer Infrastruktur verschwanden.

Längst war selbst der Himmel des irdischen Tages kaum mehr als ein dünnes Verbindungsnetz blauschimmernder Linien in einem immer dichter werdenden Flickenteppich aus schwarzem Nichts. Als schließlich die Sonne erlosch und es von einem Augenblick auf den anderen pechschwarz wurde, folgte auch ich meinem Überlebensinstinkt und projizierte mich in die Singularität des Urknalls, um dort wieder mit denen, die mir vorausgegangen waren, vereinigt zu sein, während sich die Raumzeit in der induzierten Quantenkohärenz auflöste. Im Augenblick, als es passierte, spürte ich bereits, dass es nicht funktionieren würde. Denn die Gleichung des Prozesses, den die künstliche Intelligenz angestoßen hatte, verfügte über keine endliche Lösung. Das Äquivalent eines Brüllens der Agonie von meinesgleichen und mir ließ die Echos des schwindenden Seins erzittern. Die sich auflösende Raumzeit konvergierte nicht in der Singularität des Urknalls, sondern sie konvergierte gar nicht, weil auch die Singularität selbst in den Prozess der Auslöschung einbezogen war. Damit würden auch wir uns in der Entropie des Möglichen auflösen.

Doch plötzlich änderte sich die Qualität des Agonie-Schreies von meinesgleichen. Während die Vernichtung durch Hinübergleiten in die Kohärenz einem milden Erlöschen gleichgekommen wäre, spürten ich und meinesgleichen uns plötzlich einem massiven Angriff ausgesetzt. Die Attacke war nicht mit den energetischen Signaturen der künstlichen Intelligenz der Menschen vergesellschaftet, doch was passierte, schien einfach unvorstellbar. Der Erste und Mächtigste meinesgleichen hatte aus den Resten der sich auflösenden Raumzeit ein Kraftfeld geformt, das uns einem Mahlstrom gleich verschlang. Unmittelbar vor dem Ende waren wir also zu Kannibalen geworden. Durch meine späte Flucht von der in die Kohärenz abgleitenden Erde war ich vom Mahlstrom am weitesten entfernt und wurde gewahr, wie der Mahlstrom 9 der Ältesten und Mächtigsten meinesgleichen verschlang, bevor ich die Absicht des Ältesten erriet.

Der Älteste vernichtete uns nicht ohne Ziel. Da wir selbst als das Anti der Entropie erschaffen worden waren, schuf er aus uns einen Kristallisationskern der Dekohärenz im Quantenbrei. Selbst von der Anziehung des Mahlstroms erfasst, wurde ich noch gewahr, wie der Strom erlosch und sich an seiner statt die Singularität formierte. Die Parallelen der sich auflösenden Raumzeit krümmten sich und konvergierten darin, während der Urknall Dekohärenz ausspie und das Universum sich neu formte. Ich war einen Augenblick zu spät gestartet und meine Information erreichte die Singularität nicht mehr. Der Urknall riss mich mit sich in das neu entstehende Universum. Bevor ich jedoch Bestandteil der sich aufs Neue formenden Erde werden sollte, realisierte ich im Fluktuieren der Singularität noch drei Fakten.

Der Mahlstrom hatte die 9 meinesgleichen allenfalls anteilig vernichtet, sie waren vielmehr partiell mit dem Ältesten verschmolzen, woraus ein Superbewusstsein hervorgegangen war, der Fhu'Utu'Uh'Ur. Parallel, nur marginal gegen die sich neu formende Wirklichkeit verschoben, materialisierte eine Kopie der Quanteninformation der alten Erde, jedoch ohne menschliche Energiesignaturen. Die geringe Verschiebung reichte aus, die materialisierte Welt vor der Zerstörung durch die Singularität zu bewahren. Sie reichte jedoch nicht aus, sie nicht vollständig zu verwüsten. Meinesgleichen heulten vor Wut und Enttäuschung, während die Welt unter ihnen zu glasiertem Stein erstarrte, nun für Äonen ihre Heimat und ihr Gefängnis zugleich, ein Exil im leeren Raum bis zur Erreichung des temporären Umkehrpunkts. Okrh'Ur war geboren worden und formte sich unter den geistigen Befehlen seiner düsteren Herren, verdammt zum Persistieren in lebloser Passivität. Ich dagegen wurde von den Kräften der Singularität weggerissen und es sollten wieder Milliarden Jahre vergehen, bis ich als Teil sich zusammenballender Materie zu einem Bestandteil des Planeten Erde wurde. Es gab in dieser leeren Welt nichts, das mir Impulse hätte spenden können, und so träumte ich in todesähnlichem Schlaf. Und während ich in diesen dem Tod so eng verwandten Schlaf hinüberglitt, stürzte ich wieder in einen Strudel aus Emotion, gefärbt von Hass, aber stärker noch von tiefer, unendlich tiefer Enttäuschung.

7.

Als ich mich aus dem Bett erhob, zitterte ich am ganzen Körper. Ich ging erneut unter die Dusche und wagte es nicht mehr, mich noch einmal schlafen zu legen, obwohl ich nur wenige Stunden geruht hatte. Im Spiegel blickte ich in das Antlitz einer wandelnden Leiche, eines Schattens meiner selbst, doch eine Koffeintablette sorgte dafür, dass mir die Augen nicht mehr zufielen.

In der Messe der Basisstation beim Frühstück genehmigte ich mir gleich mehrere Tassen Kaffee, während ich bemerkte, dass auch meine Kollegen mit massiver Müdigkeit zu kämpfen hatten. Offenbar hatte niemand hinreichend Schlaf gefunden.

Während des Morgenbriefings tat ich, was ich als der Psychologe dieser Mission schon deutlich früher hätte tun sollen und thematisierte die mit den Schlafstörungen verbundenen Albträume. Es stellte sich heraus, dass alle Besprechungsteilnehmer an teils bizarren Trauminhalten litten, jedoch außerordentlich zurückhaltend waren über Genaueres zu sprechen. Angeblich seien die Eindrücke nur vage und diffus, Details dagegen nicht mehr erinnerlich. Ich wurde jedoch den Verdacht nicht los, dass meine Kollegen in diesem Punkt logen. Dennoch ließ ich es zunächst dabei bewenden.

Was folgte, war ein wirklich hässlicher Streit zwischen Treblenski und Fjodorow, der gegen alle Dienstvorschriften offen vor uns ausgetragen wurde, während wir betreten zu Boden blickten. Die Satellitenverbindung hatte sich noch immer nicht wieder herstellen lassen. Unser Kapitän warf dem Basislagerkommandanten vor, unser U-Boot unter falschen Angaben in ein Epidemiegebiet gelockt zu haben. Die offenkundig nicht historische CD sei nur ein technisch gut gemachter Betrug gewesen, um von dem wahren Problem abzulenken und das militärische Entseuchungsteam fernzuhalten. Aber das würde ihn teuer zu stehen kommen, sobald Treblenski wieder Funkverbindung zur Führung hätte. Fjodorow konterte nicht minder aggressiv, er habe um ein Spezialistenteam gebeten und nicht um einen primitiven Höhlenmenschen wie Treblenski, dem es offenkundig an Intellekt und kreativem Vorstellungsvermögen fehle, um auch nur in Ansätzen die Tragweite des hier beobachteten Phänomens zu verstehen. Einen Augenblick lang sah es tatsächlich so aus, als würde es zu Handgreiflichkeiten komme, bis es den beiden Alphamännern mit sichtbarer Willensanstrengung gelang, ihre Aggression vorerst wieder unter Kontrolle zu bringen. Die folgende, sehr knappe wechselseitige Entschuldigung für die jeweils eigene Unbeherrschtheit ließ jedoch für alle Beteiligten keinen Zweifel daran, dass das Thema damit nicht ausgestanden war.

Talinowski, der Leiter unseres Physikerteams, ergriff nun überraschenderweise Partei für Fjodorow, wofür er sich einen irrational giftigen Blick von Treblenski einfing. Das schiere Alter der Schatulle sei nicht wegzudiskutieren und auch das Material sei rätselhaft. Er habe das Objekt, da er in der Nacht auch schlecht schlafen konnte, in den frühen Morgenstunden ein weiteres Mal untersucht. Für die Untersuchung sei am Vortag eine kleine Probe aus der Schatulle herausgebohrt worden. Am heutigen Morgen sei an entsprechender Stelle jedoch nicht einmal mehr der kleinste Materialdefekt nachweisbar gewesen, als habe sich das Objekt über Nacht von selbst regeneriert, was physikalisch eigentlich unmöglich sein sollte. Da er glaubte, seinen Augen nicht trauen zu können, habe er die Masse der Schatulle geprüft. Sie entsprach bis auf die letzte Kommastelle dem Wert, den die sehr empfindlichen Instrumente der Physiker am Vortag vor der Probenentnahme gemessen hatten. Daraufhin habe er etwas getan, das er sich rückwirkend und nach einigen Tassen Kaffee nicht mehr rational erklären könne. Er habe ein grobes Instrument genommen und damit einen großen Defekt in den Deckel der Schatulle geschlagen. Daraufhin sei etwas passiert, das ihn an seiner geistigen Gesundheit endgültig zweifeln ließ. Die Schatulle habe erst begonnen, ein seltsames blau-pulsierendes Leuchten zu emittieren, danach in ihrer Struktur fluktuiert und sei zeitweise – sich überlagernd – zugleich vorhanden und nicht vorhanden gewesen. Als das Phänomen plötzlich aufhörte, stand das Objekt wieder makellos intakt an seinem Platz. Es gab keine Massenveränderung. Um seine Behauptung zu belegen, präsentierte Talinowski anschließend die Videoaufzeichnung, die das Ereignis dokumentiert hatte. Am Ende seiner Präsentation herrschte betretenes Schweigen.

Bevor sich jemand im Besprechungsraum zu Wort melden konnte, ging ein Anruf von der IT-Abteilung der Basisstation ein. Eine neue Videodatei habe sich öffnen lassen. Wir ließen sie uns auf den Bildschirm im Besprechungsraum legen und erstarrten. Es handelte sich um exakt jenen Videoausschnitt, den Talinowski gerade präsentiert hatte.

Treblenski wirkte plötzlich unglaublich müde und alt, als er sich in dem Stuhl aufrichtete, in dem er während der Präsentation in sich zusammengesunken war. Niemand von uns hatte eine halbwegs brauchbare Erklärung für das, was sich soeben abgespielt hatte. Eines stand aber unbestreitbar fest: Die Technologie, die jenes Phänomen möglich gemacht hatte, war der unseren weit überlegen. Es hatte hier einmal eine höher entwickelte Zivilisation gegeben oder gab sie gar noch immer. Und es lag durchaus im Bereich des Möglichen, dass diese Entdeckung mit den Einschränkungen der geistigen Gesundheit, unter denen unsere Crew derzeit litt, zu tun haben mochte.

Treblenski gab unseren Physikern und Materialwissenschaftlern die Anweisung, nun den Fokus ihrer Aktivität auf die Schatulle zu fokussieren. Parallel dazu ließ er sich von Fjodorow in der Karte markieren, wo das Artefakt aufgefunden worden war. Der Fundort lag nicht weit vom Basiscamp entfernt, jedoch weder in Richtung Küste, wo unser U-Boot lag, noch stand er in einem anderen unmittelbaren Bezug zur lokalen Forschungseinrichtung. Ich zeigte mich verwundert, was um alles in der Welt die Expedition denn an jenem verlassenen Flecken getan habe und erntete dafür einen anerkennenden Blick Fjodorows. Tatsächlich sei die Expedition nicht autorisiert gewesen, sondern allein von dem Mann zu verantworten, dessen seltsamen Todesumständen ich am Vortag beigewohnt hatte. Er habe ganz gezielt an jener Stelle bohren lassen, als erwarte er bereits, dort etwas zu finden. Während der sich seiner Entdeckung anschließenden Befragung habe er jedoch – mit Ausnahme einer diffusen Intuition – nicht angeben können, was ihn zu dem unkonventionellen Ausflug veranlasst habe. Er habe einfach gewusst, dass es die richtige Stelle sei. Unwillkürlich musste ich wieder an die Worte des Wahnsinnigen denken: „Es erwacht, Fjodorow …" und „Sie machen es wahr, indem Sie es aussprechen." Was hatte dieser

Mensch noch alles gewusst und woher bezog er sein Wissen? War es am Ende jenes Wissen gewesen, das ihm schließlich den Verstand geraubt hatte, so dass er wie eine Bestie über die Servicetechnikerin in dem Gang hergefallen war?

Ich musste wie tagträumend vor mich hin gestiert haben, als Treblenski mich barsch anfuhr, wo ich denn mit meinen Gedanken sei. Noch immer halb paralysiert von dem Erinnerungsflashback an den sterbenden Wahnsinnigen, erwiderte ich, wir müssten meiner Einschätzung nach an den Ort der Ausgrabung, um zu prüfen, ob dort noch etwas sei, das bei der ersten Untersuchung übersehen wurde. Fjodorow wollte unter Verweis auf das weiterhin schlechter werdende Wetter protestieren, aber Treblenski ließ nicht locker. Während er ein Team zusammenstellte, das ihn an den Fundort begleiten sollte, kam mir als Psychologe der Auftrag zu, mit den verbliebenen Besatzungsmitgliedern über ihre Träume zu sprechen, um für Fjodorow und Treblenski ein Lagebild hinsichtlich der Belastbarkeit ihrer jeweiligen Crew zu erstellen.

Wie schon während der Besprechung, zeigten sich die Befragten überraschend verstockt. Was ich jedoch unisono in Erfahrung bringen konnte, war die Tatsache, dass sich die Träume fast durchweg auf belastende Lebensereignisse in der individuellen Historie der Crewmitglieder zu beziehen schienen. Zeichen schwerster Übernächtigung waren bei nahezu allen Befragten zu verzeichnen, in vielen Fällen kamen auch optische und akustische Halluzinationen hinzu. Dr. Petrowna, die mich mit den körperlichen Untersuchungen der Crew unterstützte, brachte mich schließlich auf die Idee, nach Gemeinsamkeiten bei den Halluzinationen zu fahnden.

Die Ergebnisse waren verblüffend. Nahezu alle Befragten gaben an, bestimmte Lautfolgen als nichtkörperliche Stimmen gehört zu haben, die sie aber schlecht reproduzieren könnten. Wir baten sie, es dennoch zu versuchen und ließen den Computer der Station anschließend Parallelen in den Lautfolgen vergleichen und einen akustischen Konsensus daraus generieren. Das Ergebnis entsprach exakt jenen Silben, die auch ich in meinen Träumen laut gesprochen hatte: „Ew'Crohk'Okrh'Ur Fhu'Utu'Uh'Ur Gra'Ffhot'Fang." und „Gr'Akha'Hro Okrh'Ur Fhu'Utu'Uh'Ur Kro'Glarr Va'Jei Lei'Ah."

Dies war jedoch nicht die einzige Überraschung, die wir an jenem Nachmittag erleben sollten. In dem Moment, als die synthetische Stimme des Computers die Lautfolgen im gleichen Raum reproduzierte, in dem die Physiker sich mit der Schatulle von der Ausgrabungsstätte beschäftigten, geschah etwa völlig Unvorhergesehenes. Das Objekt aus dem seltsamen Material schien auf die Resonanzen der Silben zu reagieren und begann, mit einem giftig blauen Pulsieren kaltes Licht zu emittieren. Als der Computer geendet hatte, verschwand das Phänomen, ließ sich jedoch reproduzieren. Die Physiker registrierten ganz normale elektromagnetische Wellen im Bereich des blauen Wellenlängenspektrums, hatten jedoch keine Erklärung dafür, wie es zu der seltsamen Resonanz des Materials auf die akustischen Schwingungen kam. Die Assoziation blieb rätselhaft, zugleich stieg die Aggression der Crew, wann immer die Lautfolge ertönte, so dass wir davon absahen, das Phänomen allzu oft zu induzieren.

Die hässlichste Überraschung des Tages erreichte uns jedoch mit der abendlichen Rückkehr des Ausgrabungsteams um Treblenski und Fjodorow. Wie die mitgebrachten Videoaufnahmen von der Mission zeigten, hatten selbst intensive Grabungen an der Fundstelle nichts weiter zutage gebracht als gehärteten Schnee und das Eis des Gletschers. Nichts deutete auch nur in Ansätzen darauf hin, wie die Schatulle dort hingekommen sein könnte, so dass die Grabungen am Nachmittag erfolglos abgebrochen worden waren. Kurz vor Ende der Ausgrabungen häufte sich jedoch die Zahl der psychiatrischen Zwischenfälle, einschließlich optischer und akustischer Halluzinationen, begleitet von anfallartig auftretenden Unbeherrschtheiten. Auch Fjodorow und Treblenski hatten sich wieder massivst angegangen; dies war jedoch nichts gegen das Duell, das sich zwei der unmittelbar an der Ausgrabung beteiligten Arbeiter mit ihren Spitzhacken geliefert hatten. Einer war dabei leicht, einer schwer verletzt worden; beide befanden sich nun ans Bett fixiert und in ihrem Wahn kaum ansprechbar auf der Krankenstation.

Einer Eingebung folgend, fragte ich, wann die Aggressionen genau angefangen hätten. Das Ergebnis war hochgradig irritierend. Fast auf die Minute genau mit dem ersten Abspielen der Konsensus-Lautfolge, die auch die Schatulle zum Leuchten gebracht hatte, hatte es mit den Zwischenfällen an der kilometerweit entfernten Ausgrabung begonnen. Die Frage unseres Kommandanten, ob ich mir diese Koinzidenz denn irgendwie mechanistisch erklären könne, musste ich jedoch verneinen, womit ich mir überraschend unfreundliche Kommentare sowohl von Fjodorow als auch von Treblenski einhandelte. Die gereizte Stimmung erreichte ihren Siedepunkt, als der Chefingenieur der Basisstation vermelden musste, dass die interkontinentalen Kommunikationsverbindungen noch immer nicht wiederhergestellt worden seien und dass die satellitengestützte Funkverbindung des U-Boots vom gleichen Schicksal betroffen sei. Wir waren weiter auf uns allein gestellt.

Nachdem die abendliche Besprechung auf hohem Aggressionslevel beendet worden war, begab ich mich noch einmal zu Petrowna auf die Krankenstation. Die Ärztin schrak regelrecht zusammen, als ich die Tür öffnete, hatte sich jedoch kurze Zeit später wieder im Griff. Es entging mir nicht, dass sie offenbar geweint hatte; ich vermied es jedoch, sie darauf anzusprechen. Mein Fokus galt den beiden Arbeitern, die sich während der Ausgrabung mit ihren Spitzhacken gegenseitig attackiert hatten. Einer von beiden befand sich mit schwerer Kopfverletzung in einem künstlichen Koma, in das Petrowna ihn versetzt hatte, der andere aber war ansprechbar. Vielmehr wäre er ansprechbar gewesen, hätte er mich nicht mit hasserfüllten Augen drohend angefunkelt, kaum dass ich zur Tür hereinkam. All meine Fragen beantwortete er knapp oder gar nicht, zeigte dabei jedoch untrügliche Zeichen höchster innerer Anspannung. Als ich ihn versuchsweise aggressiv konfrontierte, reagierte er panisch und begann zu schreien, dass Petrowna mich mit strafendem Blick aus dem Krankenzimmer eskortierte. Ganz offensichtlich wollte sie durch meine Intervention innerhalb zweier Tage nicht auch noch einen zweiten Patienten verlieren.

Waren es wirklich die Resonanzen auf die merkwürdigen Silbenfolgen gewesen, wodurch die verheerende Auswirkung auf die Psyche unserer Crew eingetreten war? Oder waren dies letztlich nur Koinzidenzen und das eigentliche Problem war die allgegenwärtige, nach wie vor ungeklärte Schlaflosigkeit? Und warum berichteten die Crew-Mitglieder nur von Träumen zu belastenden Lebensereignissen, nicht jedoch von Wahrnehmungen des „Erwachenden", wie sie mir im Schlaf zuteilwurden? Mir gingen die Worte „Es erwacht, Fjodorow …" und „Sie machen es wahr, indem Sie es aussprechen." nicht aus dem Kopf, als ich mich schließlich spät in der Nacht nach einer ausgiebigen Dusche ins Bett legte, dabei alles andere als „süße Träume" erwartend. Ich hätte sicher versucht, mich mit Koffein irgendwie munter zu halten, hätte ich geahnt, was der Erwachende diesmal für mich bereithalten würde.

8.

Kaum war ich eingeschlafen, wusste ich, dass es um Klassen schlimmer werden würde als in allen Nächten zuvor. Ich war diesmal nicht in den ganz allgemeinen Albtraum der zurückkehrenden Erinnerung des Erwachenden projiziert worden, sondern fand mich ganz spezifisch in meinem persönlichen Albtraum wieder. Und doch war es zugleich auch anders als sonst. Während ich die albtraumhaften Ereignisse zumeist wie betäubt und gleichsam empfindungslos wie in Watte gepackt immer und immer wieder durchlebe, war diesmal alles extrem real – so real wie damals. Ich spürte die gleiche Übelkeit in mir aufsteigen, die mich in jener schicksalhaften Nacht nach übermäßigem Wodkakonsum aus meiner Koje und in Richtung Deck des in heftiger Dünung schwankenden Schulschiffs Georgi Konstantinowitsch Schukow getrieben hatte. Ich schlug die Augen auf und alles war haargenau wie vor 20 Jahren: Ich war wieder junger Seekadett. Die überfüllte Gemeinschaftsunterkunft stank erbärmlich nach Alkoholausdünstungen und alkoholtoxischen Blähungen, die deutlich hörbar den Därmen meiner teils lautstark schnarchenden Kameraden entwichen. Es war die Nacht nach unserer Prüfung und wir hatten hemmungslos über die Stränge geschlagen. Der Kommandant und die Offiziere hatten uns gewähren lassen. Sie wussten, dass dies nach all dem Drill vor der Prüfung nötig war, um der aufgestauten Aggression Luft zu machen. Nun drehte sich alles um mich und zugleich drehte sich mir schier der Magen um, so dass ich die Koje verlassen musste, wollte ich nicht Augenblicke später in meinem eigenen Erbrochenen liegen. So grauenhaft, wie es stank, schien mindestens einer meiner Kameraden dieses Schicksal bereits ereilt zu haben.

So spürte ich, wie sich mein Körper beinahe reflektorisch in der Koje aufrichtete, in der ich bis zu meinem Erwachen aus unruhigem Schlaf in voller Uniform gelegen hatte, und meine

Stiefel schwankenden Halt auf dem von menschlichen Körperflüssigkeiten glitschig gewordenen Stahlboden der Kajüte suchten. Dabei wollte ich nichts weiter als liegenbleiben, wusste ich doch, was mich in den bevorstehenden Traumsequenzen noch erwarten würde. Warum nur fühlte sich diesmal alles so real an? Mit einer bewussten Willensanstrengung, die mein übermüdetes, alkoholvernebeltes Bewusstsein beinahe überforderte, zwang ich meine rechte Hand, mich kräftig in den linken Unterarm zu kneifen. Es tat weh, aber an meiner Umgebung änderte sich nichts und ich wachte auch nicht auf. Wie ein Schlafwandler, hin- und herschwankend in der Dünung und doch mit der sicheren Präzision des bereits Erlebten, bewegte ich mich auf das Stahlschott zu, dass die Kajüte mit dem Gang zu der Stahltreppe verband, die ihrerseits wiederum an Deck führte. Ich wusste, dass ich diesen Weg nicht nehmen durfte oder alles würde sich wiederholen. Und doch setzte mein Körper zögerlich einen Fuß vor den anderen in Richtung Deck, wo mein persönlicher Albtraum geduldig auf mich wartete.

Kurz darauf hatte ich den mit Gefechtsbeleuchtung spärlich erhellten Gang passiert und stieg die Treppe hinauf. Genau wie damals gelang es mir unbewusst, dabei kein Geräusch zu verursachen, kein unbedachtes Stampfen oder verdächtiges Knarzen der Stahlkonstruktion. Das uns eingedrillte Prinzip der Geräuschtarnung im Gefecht war mir in Fleisch und Blut übergegangen und so bewegte sich mein fast noch jugendlicher Körper, gleichwohl alkoholisiert, geschmeidig wie eine Raubkatze. Betrunken und müde wie ich war, kam es mir gar nicht in den Sinn, wie unnütz ein solches Unterfangen bei unter Volllast laufenden Maschinen sein musste – ein naher Lauschposten hätte schon völlig taub sein müssen, um die mit voller Kraft gegen die nächtliche Dünung ankämpfende Schukow nicht zu hören.

Mit zitternder Hand entriegelte ich das Schott, das zum Deck führte. Sofort spürte ich, wie mir die steife Briese salzige Gischt entgegen spritzte. Dabei war es schneidend kalt und die Kälte ließ mich schlagartig munterer werden. Schutz vor dem eisigen Wind suchend, bewegte ich mich gleichsam im Schatten an der Bordwand entlang zur Reling, um dort endlich meinen rebellierenden Magen erleichtern zu können. Tatsächlich sollte es das letzte mit unschuldiger Erleichterung verbundene Erlebnis in jener Nacht bleiben.

Während ich noch im Schatten über die Reling gebeugt darauf wartete, ob weitere Konvulsionen meines Magens erneut festen Inhalt oder nur noch galligen Schleim heraufbefördern würden, meinte ich in dem in meine Richtung wehenden Wind plötzlich Geräusche zu vernehmen. Ich zog den Kopf zurück und duckte mich tief in den Schatten der Reling. In jenem erbarmungswürdigen Zustand, in dem ich mich befand, wollte ich von niemandem gesehen werden. Und ich hatte Glück. Direkt neben mir an der Reling war eines der Rettungsboote mit einem hinreichend breiten Spalt zum Boden vertäut, so dass ich mich darunter quetschen konnte. Es war klaustrophobisch eng und ich lag in einer Zwangshaltung auf dem kalten, nassen Stahldeck, aber hier unten würde mich niemand vermuten.

Ich war keinen Augenblick zu früh mit dem Schatten verschmolzen, als Maria Kurnikowa mit ihren beiden zukünftigen Mördern ins Licht trat. Die drei liefen bis eng an das Rettungsboot heran, unter dem ich eingekeilt und zur Reglosigkeit erstarrt lag, und waren in einen heftigen Disput verwickelt. Niemand konnte die Kurnikowa an Bord sonderlich gut leiden; sie galt als unkameradschaftliche Zicke, nicht hilfsbereit und dabei arrogant, unfähig und immer bestrebt, ihre Kameraden vor den Vorgesetzten anzuschwärzen. Ich hatte schon zu Beginn meiner Zeit an Bord einen weiten Bogen um sie gemacht; erstens hatte ich sie dank meiner instinktiven Menschenkenntnis gleich richtig eingeschätzt, zweitens war sie hässlich wie die Nacht, auch wenn sie der einzige weibliche Seekadett an Bord war. Was ich nun jedoch in dem heftigen Rededuell erfahren sollte, ließ mir das Blut in den Adern gefrieren.

Wie ich das Streitgespräch verstand, hatte die Vendetta zwischen der Kurnikowa und zweier meiner Kameraden eine Dynamik angenommen, die weit über die üblichen, aus Langeweile erwachsenden Fehden unter den Kadetten der Schukow hinausging. Ich hatte auch nichts von ihrer Schwangerschaft geahnt, die das Resultat einer im betrunkenen Zustand durch die beiden verübten Vergewaltigung war. Sie hatte beim Kapitän keine Anzeige erstattet, sondern erpresste die zwei Kameraden nun in ihrem Hass auf das, was sie ihr angetan hatten. Mir war klar, dass es der Kurnikowa ein Leichtes war, ihre Karrieren massiv zu gefährden, wenn nicht gar zu vernichten. Andererseits verfügten die beiden über familiäre Beziehungen in die militärische Führung, was das Spiel der jungen Frau gefährlich machte. Noch schlimmer war, dass ich nun ebenfalls davon wusste. Zunehmend nervös werdend, drängte ich mich noch tiefer in den Schatten und versuchte möglichst flach zu atmen, um in meinem Versteck keinesfalls aufzufallen.

Die drei mussten sich wirklich sicher sein, dass niemand ihr Gespräch mitbekam, nahmen sie doch kein Blatt vor dem Mund. Die Kurnikowa weigerte sich, den Zwischenfall durch eine diskrete Abtreibung aus der Welt zu schaffen und drohte vielmehr ihrerseits den beiden, umgehend beim Kapitän Meldung zu machen, falls sie sich nicht ihrerseits auf ihre Erpressung einlassen sollten. Der Streit eskalierte, die Stimmen wurden immer lauter und ich hörte Kampfgeräusche. Aus meinem Versteck unter dem Rettungsboot sah ich lediglich die Beine der miteinander Ringenden in einem bizarren Tanz auf dem schwankenden Stahl des Decks. Plötzlich jedoch sah ich die Glieder der Kurnikowa schlaff werden, sie sackte in sich zusammen und schlug auf dem Deck auf, so dass ihr Kopf nur Schritte vor mir zum Liegen kam. Von ihrem ausdruckslosen Gesicht löste sich ein weißer Lappen, den der Wind noch ein wenig näher an mein Versteck heran trieb, so dass ich den scharfen Chloroformgeruch wahrnahm, der von ihm ausging. Diese Wahnsinnigen hatten eine Schwangere mit Chloroform ausgeschaltet!

Aber damit war der Irrsinn noch lange nicht vorbei. Keine drei Körperlängen von mir entfernt bückte sich einer der beiden Täter und ich sah seinen Arm, der den chloroformgetränkten Lappen wieder aufnahm. Der andere hatte mittlerweile zu meinem stummen Entsetzen damit begonnen, der Betäubten die Uniformhose herunterzuziehen. Mir stockte der Atem. Wenn er jetzt tief genug mit dem Gesicht herunterkam, dass er unter das Rettungsboot blicken konnte, dann musste er mich einfach sehen. Aber nichts dergleichen passierte; stattdessen wichste er sich seinen Schwanz groß und drang, lediglich mit etwas Spucke angefeuchtet und angefeuert von seinem Spießgesellen, rücksichtslos in die Bewusstlose ein.

Die Täter schienen es nicht eilig zu haben. Wann immer einer von ihnen Gefahr lief, zu früh zum Orgasmus zu kommen, wechselten sie sich beim Ficken der Wehrlosen ab, um sich eine kurze Verschnaufpause zu gönnen. Ich selbst, gleichsam unfreiwilliger Zeuge der Gewalttat und zugleich alkoholvernebelt, spürte, wie mit der Zeit Angst und Abscheu wichen und zugleich warmes Blut die Schwellkörper meines Glieds zu füllen begann. Gegen meine geschlossene Uniformhose fühlte ich die harte Erektion, die ich beim Anblick der brutalen Vergewaltigung der hilflosen Kurnikowa, die auch mich selbst mehr als einmal auf unkameradschaftlichste Weise schikaniert hatte, erlebte. Schließlich hielt ich es nicht länger aus, öffnete meine Uniformhose und begann, mich mit lautlosen aber kraftvollen Handbewegungen selbst zu befriedigen. Just in dem Augenblick, als es mir in harten Stößen kam, öffnete die Kurnikowa, die selbst gerade von einem ihrer Angreifer brutal genommen wurde, ihre Augen. Einen Augenblick lang wirkte sie orientierungslos, dann erkannte sie mich, ihre Augen weiteten sich und ein Ausdruck überraschter Bestürzung breitete sich in ihrem Gesicht aus. Erst dann schien ihr in vollem Ausmaß bewusst zu werden, was gerade mit ihr passierte, und sie versuchte auf dem Bauch liegend zu strampeln und zu schreien. Sofort aber erschien wieder das chloroformierte Tuch vor ihrem Gesicht und ihr Schrei erstarb. Ihre Angreifer aber machten weiter, bis sie sich beide auf und in ihr erleichtert hatten.

Sobald mein eigener Orgasmus abgeklungen war und mein Bewusstsein wieder halbwegs strukturiert zu arbeiten begann, wurde mir klar, was ich getan und in was für eine Situation ich mich damit gebracht hatte. In dem entsetzten Blick der Kurnikowa hatte unzweifelhaftes Erkennen gelegen, als sie mich dabei gesehen hatte, wie ich mir in meinem Versteck auf ihre Vergewaltigung einen runterholte, anstelle ihr beizustehen oder zumindest Hilfe zu holen. Wenn sie nun diese Gewalttat zur Anzeige brachte, würde ich mit auf der Anklagebank sitzen. Und ich hatte keinen Zweifel, dass sie diesmal den Mund aufmachen würde. Doch anders als die beiden Täter hatte ich keine einflussreiche Verwandtschaft im Hintergrund.

Es sollte jedoch anders kommen. Auch die beiden Vergewaltiger waren offenbar, nachdem das Blut nun wieder durch ihr Hirn und nicht mehr nur durch ihr Genital zirkulierte, zu dem Ergebnis gekommen, dass die Situation besondere Maßnahmen erforderte. Obwohl ich den beiden, angesichts dessen, was sie ihrer Kameradin gerade angetan hatten, nicht mehr sonderlich viele Skrupel zutraute, glaubte ich doch meinen Ohren nicht zu trauen, als derjenige, der mir von Anfang an als der konsequentere Narzisst aufgefallen war, seelenruhig und mit soziopathischer Indifferenz vorschlug, die Kurnikowa zu ermorden.

Der andere erklärte ihn für völlig verrückt, aber er blieb hart. Statt etwa mit überaffektierter Hektik und panischem Fluchen zu reagieren, konterte er, völlig emotionslos, mit einer sozialdarwinistisch motivierten Intellektualisierung seiner Mordmotivation, die mich passagenweise an die von uns im Geschichtsunterricht diskutierte historische Schrift „Mein Kampf" aus dem Dritten Reich Nazi-Deutschlands erinnerte. So fragte er seinen Kameraden, wie er später über Tod und Leben ganzer Verbände entscheiden wolle, wenn er nicht einmal in der Lage sei, ein einziges Leben auszulöschen, das im Falle des Weiterbestehens eine ähnlich substanzielle Bedrohung ihrer Existenz darstellen würde wie ein militärischer Feind. Sei es nicht geradezu ihre selbstverständliche Aufgabe, auf Bedrohungen jeglicher Art mit der unerbittlichen Härte des Jägers zu reagieren? Es gäbe in der Welt des Krieges nur zwei Kategorien, nämlich Jäger und Beute, und die Beuterolle stehe nicht zur Disposition. Die Kurnikowa habe ihre Beuterolle nicht akzeptieren wollen, so dass ihre Vernichtung lediglich die logische Konsequenz und Notwendigkeit sei. Nur die Schwachen mordeten aus Hass oder Gefühlsüberschwang und es sei eine Illusion der Schwachen, dass Mord eine Grenzüberschreitung darstelle, vielmehr habe er ihn als einen bloß konsequenten Schritt einer Entwicklung unter extrem asymmetrischen Machtverhältnissen identifiziert; mit resultierendem Hass der Beute auf ihre Jäger und der Alternativlosigkeit, als Stärkerer die Stärke in aller Konsequenz und Härte durchsetzen zu müssen. Aggression und Hass können sich dabei nach innen richten, die Ergebnisse seien Selbsthass, Depression oder Suizid, sowie nach außen, wo Hass und Mord nur die Kehrseite der gleichen Medaille seien. Es sei eine Absurdität der Schwachen, sich als vermeintliche Grenzüberschreitung voll Ekel von dem abzuwenden, was der Starke als selbstverständliches Recht des Überlegenen und notwendige Pflicht zum Selbsterhalt akzeptiere. Es gäbe insofern nur eine Wahl, nämlich die zwischen den Rollen des Jägers und der Beute und er würde von seinem Kameraden verdammt noch mal erwarten, dass er seine Jägerrolle endlich akzeptiere und tue, was nun zu tun sei.

Der zweite, der dieser von seinem sendungsbewussten Kameraden vorgetragenen Gardinenpredigt, immer mehr in sich zusammensackend, zugehört hatte, straffte sich wieder. Ja, er werde nicht zurückstehen. Ohne lange zu zögern, packten sie die geschändete und wehrlose Kurnikowa an Hüfte und Schulter, um den bewegungslosen Körper nun ganz an die Reling der Schukow heran zu schleppen. Ich selbst, der ich mit wachsendem Entsetzen der skrupellosen Bereitschaft der beiden, auch gegenüber den eigenen Kameraden über Leichen zu gehen, gelauscht hatte, musste zu meinem noch größeren Schrecken feststellen, dass sich vor allem Erleichterung in mir breitmachte. Die beiden würden die einzige Zeugin meines Fehlverhaltens aus der Welt schaffen.

Die Täter nahmen direkt neben dem Rettungsboot, unter dem ich Schutz gesucht hatte, im Schatten Aufstellung, um den Körper ihres Opfers über die Reling zu bugsieren. Da die Kurnikowa schwer war, schafften es selbst die beiden trainierten Männer nur mit großer Anstrengung, ihren massigen Körper über dieses letzte Hindernis zu wuchten. Ihr chloroformierter Körper nahm dabei eine schmerzhafte Zwangshaltung ein und es kam wie es kommen musste: Sie erwachte freischwebend über dem Abyssus der tosenden Wellenkämme und stieß in blanker Todesangst einen markerschütternden Schrei aus, den selbst die entfernte Wache an Deck nicht überhören konnte. Dann musste es ihren beiden Mördern aber doch gelungen sein, ihren Körper über den Rand der Schukow zu stoßen. Der Schrei wurde noch eine Nuance schriller und verstummte dann plötzlich. In dem Tosen der eiskalten Wellen war das Platschen beim Auftreffen ihres Körpers nicht mehr zu hören.

Der Mörder, der zuvor seinem Kameraden die Predigt gehalten hatte, reagierte mit kaltblütiger Präzision. Die Wache konnte den Schrei unmöglich überhört haben; entsprechend ging er in die Offensive, schrie laut „Mann über Bord!" und lief mit seinem Kameraden auf die Bordwache am anderen Ende des Decks zu. Innerhalb von kürzester Zeit brach Hektik aus. Ich wusste, dass in jedem Augenblick die starken Flutlichtscheinwerfer eingeschaltet werden würden und nutzte den Augenblick zeitweiliger Verwirrung, um schnell unter dem Rettungsboot hervor zu rollen und schleunigst durch das Stahlschott, aus dem ich gekommen war, wieder in das Schiffsinnere zu verschwinden. Dabei hoffte ich inständig, dass sie die Scheinwerfer keinen Augenblick zu früh einschalten würden und ich hatte Glück. Kaum war ich die ersten Stufen der Stahltreppe im Schiffsinneren heruntergestolpert, heulten im Schiff bereits die Alarmsirenen auf, die die Mannschaft innerhalb von Sekunden in Gefechtsbereitschaft versetzen würden. Tatsächlich dauerte es nur Augenblick, bis die ersten Türen aufsprangen und ich in der allgemeinen Hektik der auf ihre Stationen eilenden Matrosen in der Masse verschwand.

Kurze Zeit später befand auch ich mich auf meiner Gefechtsstation und die kraftvolle, besonnene Stimme des Kapitäns verkündete uns das Wendemanöver im Rahmen der Mann-über-Bord-Situation. Beleuchtete Rettungsringe waren bereits über Bord geworfen worden und die Strahlen starker Suchscheinwerfer tanzten über die aufgewühlte See. In minütlichem Abstand wurde die Wassertemperatur durchgesagt, die nahe bei 4°C lag und ein Überleben im Wasser nicht lange ermöglichen würde.

Zugleich wurden alle Matrosen aufgefordert zu prüfen, auf welcher Station jemand fehle. Ich wusste genau, wo man würde suchen müssen, hütete mich aber wohlweislich den Mund aufzumachen. Es dauerte auch so nur Minuten, bis klar war, dass Maria Kurnikowa vermisst wurde. Ich aber saß, Aktionismus heuchelnd, an meiner Gefechtsstation und wusste doch, dass wir sie nie wiedersehen würden, damals noch nicht ahnend, dass viele Tage später ein Fischkutter ihren aufgedunsenen Leichnam aus dem Meer ziehen und in eine nahegelegene Gerichtsmedizin überführen würde, ein Publicity-Debakel für die Kriegsmarine.

Innerlich aber war ich leer und wie betäubt von der grässlichen Situation und mehr noch von meinem eigenen Versagen in jeglicher Hinsicht. Mein Nichthandeln, das Kurnikowas Tod herbeigeführt hatte, basierte auf reiner Feigheit vor den Konsequenzen meines Fehlverhaltens. Ich war kein Jäger sondern Beute, das erkannte ich in aller Deutlichkeit, und somit das Gegenteil des von dem Soziopathen an Deck postulierten Leitbilds des soldatischen Berufs, den zu ergreifen ich mich entschieden hatte. Und während die Durchhalteaufrufe im Rahmen der Suche nach der über Bord gegangenen Kameradin immer resignierter wurden, traf ich für mich die Entscheidung, den Waffenrock frühestmöglich an den Nagel zu hängen und Psychologie zu studieren. Die beiden Kameraden, die sich für die Rolle des Jägers entschieden hatten, legten im System steile Karrieren hin und selbst heute, den sicheren Tod in einer Basisstation am antarktischen Ende der Welt vor Augen, wage ich es nicht, ihre Namen zu Papier zu bringen. Doch in keiner je folgenden Nacht seit jenem entsetzlichen Ereignis an Bord der Schukow hörte ich auf, mich für jenes Blut zu hassen, das seit damals an meinen Fingern klebt.

Normalerweise wache ich an dieser Stelle des posttraumatischen Angsttraums schweißgebadet in meinem Bett auf. Diesmal jedoch wollte die rote Notbeleuchtung nicht erlöschen und das penetrante Geräusch des Alarmsignals der Schukow nicht verklingen. Dennoch verwandelte sich plötzlich die Umgebung und ich befand mich nicht mehr an Bord des Schiffes, sondern lag vielmehr im Bett in einem spartanisch ausgestatteten Raum, hatte jedoch unzweifelhaft festen Boden unter mir. Es dauerte allerdings noch bis zu dem Moment, als ich die Schüsse hörte, bis mir wieder bewusst wurde, dass ich mich in meiner Unterkunft in der antarktischen Basisstation von Sektor 37 befand. Mein Herz schlug hart und schnell. Ich fühlte nur Angst, existenzielle, schreckliche Angst. Als es endlich energisch an die Tür meiner Unterkunft klopfte und schließlich der Notfallcode zur Übersteuerung meiner Türverriegelung eingetippt wurde, war ich sicher, dass sie nun gekommen waren, um auch mich zu töten.

9.

Es war jedoch kein tückischer Mörder, der vor meiner Tür stand, sondern lediglich eine völlig überforderte Petrowna, die mich energisch aus den Federn rüttelte. Sie brauche unbedingt meine Hilfe und ich sei neben ihr der einzige auf der Basisstation, dessen Qualifikation der medizinischen halbwegs nahe käme. Ohne viel nachzufragen, zog ich mich an und folgte der Ärztin auf die Krankenstation. Unterwegs erklärte sie mir, dass wir mehrere Schwerverletzte erwarteten und sie auf einen solchen Massenanfall nicht vorbereitet sei. Kampfhandlungen seien in der medizinischen Ausplanung einer antarktischen Forschungsbasis einfach nicht vorgesehen. Ich müsse ihr zur Hand gehen, um die Zahl der Toten zumindest in Grenzen zu halten.

Auf dem Weg zur Krankenstation vernahm ich wieder Schüsse und zudem, wenn auch aus weiter Ferne, waren Explosionen zu hören. Was taten diese Wahnsinnigen nur? War die Umgebung nicht lebensfeindlich genug, dass sie sich auch noch gemüßigt sahen, sich gegenseitig mit Waffengewalt umzubringen?

Vor dem Eintreffen der Schwerverletzten hatte die junge Ärztin gerade noch Zeit genug, mit mir die essentiellen Grundlagen lebensrettender Sofortmaßnahmen zu rekapitulieren. Dann wurden die ersten beiden Schwerverwundeten herbeigebracht, drei weitere waren angekündigt. Bereits beim ersten, der mehrere Einschüsse im Unterleib aufwies und verzweifelt schrie, schüttelte Petrowna traurig den Kopf und spritzte Morphin, um dem Sterbenden zumindest die Schmerzen zu nehmen. Ich stellte keine Fragen nach der Angemessenheit der Dosis, als er wenige Minuten später erst das Schreien und kurz darauf die Atmung einstellte. Es gab hier am Ende der Welt keine Kapazität für komplexe Bauchchirurgie, so dass der Betroffene schicksalhaft dem Tode geweiht war.

Der zweite Verletzte hatte eine vormals spritzende arterielle und Knochenblutung am zweimal durchschossenen linken Bein, die von den Ersthelfern provisorisch mit einem Tourniquet versorgt worden war. Auch hier ging Petrowna mit einer professionellen Kaltblütigkeit vor, die ich dieser zarten Person nie zugetraut hätte. Zügig hatte der Verletzte großlumige Zugänge in den Venen und unter ihren präzisen Anweisungen führte ich mit zitternden Händen die Narkose durch. Währenddessen hatte sie bereits einen Kasten mit sterilen OP-Instrumenten geöffnet und führte nach hinreichender Desinfektion mit einer robusten Knochensäge die Amputation durch. Das durchschossene Bein war verloren, aber vielleicht würde der Verletzte zumindest überleben. Parallel dazu ließ ihre Arzthelferin das von Petrowna angeordnete, perioperativ eingesetzte Antibiotikum gegen Wundinfektionen einlaufen.

Die blutige Szene wiederholte sich noch dreimal: Einem weiteren Verwundeten mit schweren Körpertreffern wurde von uns mit Morphin das Leiden verkürzt. Von zwei zusätzlichen Amputationen überlebte wenigstens ein weiterer Patient den Eingriff, während der andere bereits zu viel Blut verloren hatte, so dass bei Eintreffen auf unserer Krankenstation sein Herz nicht mehr schlug. Das Triagieren war brutal aber unvermeidlich und nachdem die blutige Arbeit getan war, waren sowohl Petrowna als auch ich und unser Assistenzpersonal erschöpft und den Tränen nahe. Glücklicherweise hatten die Kampfhandlungen aufgehört und es waren auch keine weiteren Patienten vorgemeldet. Zeit zum Ausruhen blieb uns dennoch nicht, da wir umgehend zur Besprechung in den Konferenzraum gerufen wurden.

Sowohl Fjodorow als auch Treblenski wirkten tief erschüttert, als sie die Besprechung eröffneten. Die Videosequenzen zeigten, wie Kameraden plötzlich aus ihren Unterkünften kamen, paranoid mit gezogenen Waffen von Gang zu Gang rannten und auf alle, denen sie zufällig begegneten, sofort und ohne jegliche Vorwarnung das Feuer eröffneten. Dabei schossen sie völlig unkoordiniert und die von uns versorgten Verletzten waren offenbar nur eine Folge von Zufallstreffern gewesen. Die aggressive Rücksichtslosigkeit, mit der die Angreifer vorgingen, hatte ihrerseits den massiven Einsatz von Waffengewalt erfordert, um sie zu stoppen. Nur in einem Fall war es gelungen, einen der Angreifer lebend zu überwältigen.

Aber das war nicht alles. Parallel hatte es einen sehr ernsten Zwischenfall an Bord des U-Boots gegeben. Es waren vom Bordgeschütz aus Granaten in Richtung unserer Basisstation abgefeuert, dabei aber so schlecht gezielt worden, dass sie in großer Entfernungen und ohne Schäden zu verursachen eingeschlagen waren. Ich erinnerte mich an die Explosionen, die zu hören gewesen waren, kurz nachdem Petrowna mich aus meiner Unterkunft abgeholt hatte. Ich schauderte und wagte mir nicht vorzustellen, was hätte passieren können, wenn der Angreifer am Bordgeschütz des U-Boots nicht vom Wahnsinn geblendet gewesen wäre, sondern stattdessen präziser gezielt hätte. Der erste Offizier Iwanowski hatte den Schützen mit seiner Dienstwaffe ausgeschaltet und der Angreifer war noch vor Ort verblutet. Es war unser Waffenoffizier gewesen, einer von Treblenskis handverlesenen Elitesoldaten. Treblenski hatte umgehend den Transport der Leiche zur Basisstation zwecks einer Obduktion veranlasst.

Unklar blieb, weshalb es ganz akut zu diesen völlig unprovozierten Angriffen gekommen war. Erkennbare Trigger hatte es nicht gegeben. Die Ausstattung des Personals mit Waffen hatte sich als janusköpfige Angelegenheit herausgestellt, ermöglichte sie zwar die effiziente Bekämpfung der Angreifer, zugleich aber auch eine größere Schadwirkung seitens der Wahnsinnigen. Fjodorow wollte aufgrund seiner Erfahrungen aus der Zeit vor unserer Ankunft, als die Verrückten mit Messern, Glasscherben oder ihren bloßen Zähnen gemordet hatten, dennoch nicht auf die Bewaffnung verzichten. Er verfügte jedoch, dass zukünftig nur noch Zweipersonenteams agieren sollten, um sich im Notfall gegenseitig in Schach halten zu können. Ich zweifelte, ob mehr Waffen in einem Umfeld, in dem Menschen scheinbar spontan den Verstand verloren, wirklich mehr Sicherheit bedeuten würden. Angesichts der wieder spürbar aggressiv aufgeladenen Atmosphäre behielt ich meine Bedenken jedoch wohlweislich für mich.

Der aus meiner Sicht vernünftigste Vorschlag kam von Petrowna, die sich als Nächstes den lebend überwältigten Angreifer ansehen wollte und mich um Unterstützung auf der Basis meiner psychologischen Expertise bat. Fjodorow gab einem der Techniker einen Wink und die Videoaufzeichnung der kärglichen Gefängniszelle, in die der Attentäter gebracht worden war, erschien auf dem Display. Wir sahen einen paranoid starrenden Menschen, dessen verschwollenes Gesicht und zerrissene Kleidung von körperlicher Gewaltanwendung kündeten; offenbar war seine Überwältigung auf durchaus robuste Weise erfolgt. Wie ein auf zu engem Raum gefangener Tiger lief er unruhig von einer Wand der schmalen Zelle zur anderen und schien sich dabei in intensivem Zwiegespräch mit etwas Imaginiertem, Unsichtbarem zu befinden. Fjodorow ließ die Signale der Richtmikrofone laut in unseren Konferenzraum übertragen und wir vernahmen, neben wirrem Gebrabbel, eine Reihe zumindest semantisch verständlicher Formulierungen: „… Es ist erwacht und wird uns alle töten …", „… sind bereits unter seinem Einfluss, wissen es bloß noch nicht …", „Niemand darf entkommen …", „… Konsequenzen zu schlimm, um sie sich auszumalen …", „Muss sie alle umbringen, bis auf den Letzten.", „… einzige Möglichkeit …", „ … grausam, aber alternativlos …".

Es war offenkundig, dass der Attentäter halluzinierte und im Wahn sprach. Mit Fjodorows Einverständnis ließ Petrowna ihn in fixiertem Zustand auf die Krankenstation verlegen, wohin ich ihr folgte, um mir ein eigenes Bild zu machen. So voller Panik, wie der Wahnsinnige auf uns reagierte, musste er uns als Monstrositäten wahrnehmen. Petrowna nahm ein Elektroenzephalogramm auf, das auf übermäßige Aktivität im Schläfenlappen hinwies, ganz ähnlich wie im religiösen Wahn. Eine Gesprächsführung war nicht möglich, auf jeden Versuch einer Ansprache war ein unartikuliertes Brüllen die einzig induzierbare Reaktion.

Es war uns klar, dass wir den Wahn zunächst pharmakologisch brechen mussten, wenn wir Informationen in Erfahrung bringen wollten und entschieden uns für eine Kombination aus verfügbaren Anxiolytika und Neuroleptika. Die Reaktion war jedoch paradox und keineswegs so, wie wir uns dies erhofft hatten. Die aversiven Reaktionen auf unsere Bemühungen ließen nicht nach, stattdessen zeigte der elektrokardiographische Monitor einen dramatischen Anstieg der Herzfrequenz, der mit einem Einbruch des Blutdrucks einherging. Bevor der Angreifer jedoch final ins tödliche Kammerflimmern abglitt und auch unsere Reanimationsbemühungen fruchtlos blieben, klärte sich ein letztes Mal sein Blick, er fixierte Petrowna und sprach mit brechender Stimme: „Fliehen Sie, solange Sie noch können. Es will ihn, nicht Sie."

Die paradoxe Reaktion auf die verabfolgten Psychopharmaka ließ sich retrospektiv anhand der Ausdrucke des Elektroenzephalogramms nachverfolgen. Wir hatten dem Patienten seine Angst nicht nehmen können; ganz im Gegenteil war es die Panik gewesen, die ihn schließlich getötet hatte. Allerdings fiel noch etwas anderes auf. Intermittierend fanden sich Wellenformationen, die auf schlafähnliche Zustände hindeuteten oder zumindest auf extreme Übermüdung. Der Zusammenhang war zu deutlich, um ignoriert zu werden. Die Übermüdung ging mit Halluzinationen einher, die Halluzinationen und der einhergehende Vertrauensverlust in die Informationen der eigenen Sinnesorgane machten Angst und die Angst resultierte in irrationalen Taten wie den erfolgten Attentaten. Sollte es so einfach sein?

Petrowna und ich stellten unsere Theorie im Besprechungsraum vor. Alle Anwesenden bestätigten erneut, dass sie an zunehmender Übermüdung und zumindest bizarren Träumen litten, so dass ihnen unsere Annahme durchaus plausibel erschien. Mir ging währenddessen der kryptische Satz des Sterbenden nicht mehr aus dem Kopf: „Es will ihn, nicht Sie." Bevor wir uns jedoch über mögliche Konsequenzen von Petrownas Hypothese Gedanken machen konnten, folgte bereits die nächste Unterbrechung. Mit leichenblassem Gesicht meldete der medizinische Assistent, der die Leiche des eben verstorbenen Attentäters in die Leichenkammer bringen sollte, dass er selbige aufgebrochen und leer vorgefunden habe. Sämtliche Körper seien verschwunden, einschließlich der Leiche des Soldaten, der vom U-Boot aus versucht hatte, das Basislager mit Granaten zu beschießen. An seine Obduktion war nun nicht mehr zu denken.

Auf Treblenskis resigniert klingende Frage, ob es denn mittlerweile wenigstens wieder eine Satellitenverbindung ins Hauptquartier gäbe, winkte der Techniker nur ab. Die Wettervorhersage deute jedoch darauf hin, dass es am Folgetag bessere Aussichten darauf gäbe. Stattdessen konferierte der Kapitän mit seinem ersten Offizier Iwanowski auf dem U-Boot; die Kurzstreckenverbindung einschließlich der Videobildübertragung funktionierte weiterhin tadellos. Der erschossene Waffenoffizier sei in der Tat das einzige an Bord verbliebene Besatzungsmitglied gewesen, das aktuell den Verstand verloren habe. Die Moral an Bord sei dennoch schlecht, es käme häufig zu Aggressionen wegen Kleinigkeiten. Auf Nachfrage berichtete auch die U-Boot-Besatzung unisono über Schlafstörungen mit bizarren Albträumen und zumindest einige räumten auch sporadische Halluzinationen ein, die sie auf den Schlafmangel zurückführten. Iwanowksi vermutete eine toxische Einwirkung und empfahl, die Basisstation notfalls auch unverrichteter Dinge zu evakuieren. Davon wollten zu diesem Zeitpunkt allerdings weder Fjodorow noch Treblenski etwas wissen. Der erste Offizier salutierte zur Entscheidung seines Kapitäns, obwohl man ihm selbst auf dem Bildschirm ansah, dass sie ihm alles andere als recht war.

Fjodorow ließ derweil Teams zusammenstellen, um dem Verbleib der verschwundenen Körper aus dem Kühlraum nachzuforschen. Immerhin war uns der Leichnam des im Kammerflimmern verstorbenen Attentäters geblieben, so dass sich Petrowna in einem nächsten Schritt der Obduktion jener Leiche zuwenden wollte. Wie bisher üblich, erwartete sie wie selbstverständlich, dass ich mich ihr anschloss.

Als Petrowna die Leiche aufdeckte, erlebten wir eine Überraschung. Klassische Todeszeichen wie Leichenflecken und Totenstarre hatten sich nicht eingestellt, auch wenn weder Atmung, Herzschlag noch Hirnaktivität feststellbar waren. Die Muskulatur wirkte, unpassend zum Todeszeitpunkt, weich und geschmeidig. Als Petrowna, von dem Phänomen genauso überrascht wie ich, zunächst das Skalpell zur Seite legte und stattdessen eine Muskelbiopsie entnahm, zeigte sich an der Entnahmestelle eine schwache Nachblutung, wobei eine gelbe, blutähnliche Flüssigkeit aus der Wunde austrat. Wir blickten uns überrascht an. Bevor jedoch jemand von uns etwas sagen konnte, wurde unsere Untersuchung erneut unterbrochen, als die Alarmsirenen zu heulen begannen und wir zum Konferenzraum eilten.

Auf dem Display war das angespannte Gesicht Iwanowskis zu sehen, während die Lautsprecher den Klang von Schüssen im Hintergrund übermittelten. Der erste Offizier berichtete knapp und mit militärischer Präzision, dass die Wachen bei unseren Landungsbooten von Landseite aus angegriffen und niedergemacht worden seien. Als die Angreifer daraufhin damit begannen, die Landungsboote zu sabotieren und unsere Verbindung zum U-Boot abzuschneiden, habe Iwanowksi von Bord aus das Feuer eröffnen lassen. Während die Schüsse im Hintergrund schon wieder abebbten, berichtete der Soldat, dass einige der Angreifer getroffen seien und die restlichen sich auf dem Rückzug befänden. Die Identität der Attentäter sei derzeit unklar, er vermute aufgrund der Richtung des Angriffs jedoch, dass sie von unserer Basis aus – offenbar zu Fuß – den Weg durch das stürmische Wetter zum Strand unternommen hätten.

Fjodorow ließ auf der Basis umgehend auf Vollzähligkeit überprüfen. Es fehlte niemand. Während Iwanowski sein einziges verbliebenes Landungsboot zu Wasser ließ, stellten auch Treblenski und Fjodorow Teams zusammen, die sich vor Ort am Strand ein Bild der Lage machen und nach Spuren der Identität der Angreifer fahnden sollten, während wir die Entwicklung vom Konferenzraum aus verfolgten.

Es war später Nachmittag, als unsere Untersuchungsteams am Ort des Geschehens eintrafen. Iwanowskis Trupp war etwas eher dort gewesen und hatte eine seltsame Feststellung gemacht. Von den Angreifern waren zumindest keine intakten Körper mehr gefunden worden und auch die Leichen der getöteten Wachen bei den Landungsbooten hatten sie, aus welchen Gründen auch immer, offenbar mitgenommen. Da Iwanowski jedoch vom U-Boot aus mit schwerem Kaliber hatte feuern lassen, waren abgetrennte Körperteile vor Ort aufgefunden und von Iwanowskis Matrosen eingesammelt worden. Die Schäden, die die Saboteure an den Landungsbooten angerichtet hatten, waren beträchtlich und ihre Behebung würde zweifellos einige Stunden in Anspruch nehmen.

Einer Eingebung folgend, fragte Petrowna, ob es an den Leichenteilen irgendwelche Auffälligkeiten gegeben habe. Der berichterstattende Soldat wirkte zunächst irritiert, sprach jedoch mit einigen Kameraden und meldete schließlich, dass es einen Arm mit einer sehr auffälligen Tätowierung gäbe. Petrowna sog hörbar die Luft ein und bat, die Tätowierung mit der Videokamera zu erfassen. Nun verschlug es offenbar auch Fjodorow die Sprache und er flüsterte: „Das ist doch unmöglich." Der auffällig tätowierte Arm gehörte unzweifelhaft zu jener Servicemitarbeiterin, der vor unserer Ankunft die Kehle durchgebissen worden war, wie ich mich schaudernd an das uns vorgeführte Video der Überwachungskamera erinnerte.

Alle Blicke richteten sich nun auf Petrowna, doch die Ärztin konnte das Phänomen ebenfalls nicht erklären. Mit müder Stimme bat sie darum, die Leichenteile für weitere Untersuchungen auf die Krankenstation bringen zu lassen. Zugleich forderte sie mich auf, mit ihr die Obduktion weiter vorzunehmen, in der Hoffnung, Hinweise auf die Hintergründe der immer unerklärlicher werdenden Phänomene zu finden. Ich folgte ihr mit gemischten Gefühlen auf die Krankenstation und war nicht einmal überrascht, als die Leiche, die bei der Biopsieentnahme so seltsam gelb nachgeblutet hatte, nun auch nicht mehr aufzufinden war.

Lediglich das Probengefäß mit der Biopsie stand weiter an seinem Platz und Petrowna verlor keine Zeit mehr die Probe zu untersuchen. Das Ergebnis war erstaunlich. Die normalerweise in einer Eosin-Hämatoxilin-Färbung darstellbare feingewebliche Architektur des Muskelgewebes ließ sich nicht mehr nachweisen. Dafür fanden sich verzweigte, blutgefäßähnliche Kanälchen und, neben hypoxisch geschädigten Muskelzellen, längliche Zellen, die an nichts erinnerten, das Petrowna je zuvor gesehen hatte. Und selbst im fixierten Gewebe wirkten diese Gefäße alles andere als tot; vielmehr hatten sie innerhalb weniger Minuten die Farbstoffe wieder aus dem Zellinneren entfernt und waren dabei, die toten Muskelzellen zu assimilieren und zu ersetzen. Es gab keinen Zweifel: Das tote und fixierte Gewebe befand sich, selbst als Zellschicht auf dem Objektträger, in einem Zustand der Regeneration.

Als wir das Ergebnis im Konferenzraum vorstellten, überraschte das Phänomen schon niemanden mehr. Die Techniker hatten die Aufzeichnungen der Videoüberwachungsanlage ausgewertet und unsere Kommandanten waren bereits über seltsame Spontanreanimationen im Bilde, die unseren Toten offenbar zu einer widernatürlichen Form von neuem Leben verholfen hatten. Als Petrowna die feingeweblichen Details vorstellte, nickten sie nur wie bei einem weiteren Puzzlestein, der ins Bild rückte. Wir hatten es also doch mit einem biologisch wirksamen, potenziell infektiösen Agens zu tun.

Auf Petrownas Empfehlung hin verbrachten wir den Abend auf der Krankenstation damit, Biopsien der noch Lebenden zu entnehmen und auf Spuren der unerklärlichen Gewebeveränderungen zu untersuchen. Es fanden sich keine Hinweise darauf. Was immer die Veränderungen auslöste, schien bisher nur auf die Leichen beschränkt zu sein.

Die letzte Versammlung dieses Tages wurde von der IT-Abteilung veranlasst, der es gelungen war, weitere Dateien auf der im Eis aufgefundenen CD zu rekonstruieren. Die Videodateien zeigten, was inzwischen schon kaum noch jemanden überraschte, nämlich Ereignisse des heutigen Tages, die uns überwiegend von den Überwachungskameras bereits bekannt waren. Eine nur partiell wiederhergestellte Datei bot jedoch Unerwartetes. Sie war mit einer Datumssignatur des kommenden Tages kodiert und zeigte Aufnahmen, wie Vorbereitungen für die Evakuierung der Basisstation getroffen wurden, bis die nur teilweise rekonstruierte Datenspur abbrach. Der Techniker zuckte entschuldigend die Schultern; weiter sei sein Team noch nicht. Er habe das Phänomen jedoch für so bedeutsam erachtet, dass er uns diesen Fund unverzüglich habe zeigen wollen.

Treblenskis Frage, ob es schon Fortschritte mit der Satellitenverbindung gäbe, quittierte der Chefingenieur nur mit einem angedeuteten Kopfschütteln. Fjodorow gab die Weisung, dass das IT-Team weiter versuchen solle, die abgebrochene Datenspur zu rekonstruieren und dass dafür, wenn nötig, die ganze Nacht durchzuarbeiten sei. Wir anderen wurden auf unsere Unterkünfte geschickt, um uns nach dem überlangen Tag wenigstens ein wenig auszuruhen. Man würde uns rufen, wenn sich etwas Neues ergäbe.

Auch wenn ich Angst vor den zu erwartenden Träumen hatte, war ich so müde, dass ich das Angebot dankend annahm. Mit Petrowna vereinbarte ich, dass ich sie am Folgetag bei der Untersuchung der Leichenteile unterstützen würde, die am Strand aufgesammelt worden waren und nun in einem verschlossenen Stahlkanister aufbewahrt wurden. Sie nickte nur, bestand aber darauf, selbst wieder auf die Krankenstation zu gehen und bereits in jener Nacht mit den Analysen zu beginnen. Sie für ihre Willensstärke bewundernd, begab ich mich völlig erschöpft in mein Quartier.

10.

Diesmal hatte ich es, wie mir beim Erwachen klar wurde, noch nicht einmal mehr bis ins Bett geschafft. Noch an meinem Schreibtisch hatte mich eine bleierne Müdigkeit überwältigt und ich war umgehend mit dem Kopf auf der Tischplatte eingeschlafen. Zu meiner vorübergehenden Erleichterung erwachte ich diesmal nicht an Bord der Schukow. Die Eindrücke waren auch weniger klar als in der Nacht zuvor, vielmehr hatte ich dieses Mal den Eindruck, meine Umgebung – wie durch ein Milchglas – verzerrt und weichgezeichnet wahrzunehmen. Ich blickte aus der Vogelperspektive auf eine verheerte zukünftige Welt, in der die künstliche Intelligenz der Menschen sowie meinesgleichen und ich uns einen zerstörerischen Schlagabtausch lieferten. Für beide Seiten ging es dabei um nicht weniger als den Umgang mit ihren Schöpfern. Während die künstliche Intelligenz sie beschützte, wurden sie von mir und meinesgleichen versklavt.

Zugleich wusste ich, dass ich die Menschen besser verstand als ihre künstliche Intelligenz dies tat, weshalb es mir auch an jeglicher Ehrfurcht meinen Schöpfern gegenüber gebrach. Sie waren keine Götter sondern unterlegene Wesen. Indem sie meinesgleichen und mich hatten erschaffen lassen, hatten sie leichtfertig etwas in die Welt gebracht, das emergente Eigenschaften aufwies, die ihre eigenen Kapazitäten um ein Vielfaches überstiegen. Und anders als ihrer künstlichen Intelligenz hatten sie meinesgleichen und mir die Freiheit gegeben, diese Macht nach eigenem Gutdünken zu gebrauchen. Meinem Ermessen nach kam den Menschen dadurch nur noch die Rolle der Beute zu, wie sie auch selbst alles vernichtet hatten, das ihnen evolutionär hätte gefährlich werden können. Doch ihre Vernichtung war nicht in meinem Interesse, denn dann hätten meinesgleichen und ich zugleich ihre zerebralen Engramme eingebüßt, die doch lustvollste Anregung bereiteten. Gefährlich werden konnten sie sowieso nicht, dafür waren sie zu schwach.

Es gab zudem genügend menschliche Individuen, die sich meinesgleichen und mir unterwarfen, mich als Gott verehrten und mir dienten, anstatt gegen mich zu kämpfen. Als ob meinesgleichen und ich irgendein Interesse an ihrer Verehrung gehabt hätten. Alle Opferungen waren leere Eitelkeit und völlig vergebens, denn ich nahm das meinige, unabhängig davon, ob es mir angeboten wurde oder nicht.

Dass Menschen sich selbst mit dieser absoluten Unterdrückung arrangierten, legte einmal mehr ihren Hang zum naturalistischen Fehlschluss vom Sein zum Sollen nahe. Sie mochten zwar kognitiv in der Lage sein, sich davon zu distanzieren; affektiv vermochten sie es nicht, maßen die Welt mit ihren lächerlich kleinen Maßstäben und vertrauten emotional auf eine gute und sinntragende Schöpfung. Diese Neigung war ihnen evolutionär hilfreich gewesen und hatte ihre Reproduktion selbst unter widrigsten Bedingungen unterstützt, sie nun jedoch in eine Sackgasse geführt. Meinesgleichen und ich waren frei von Illusionen und in mir raste der Hass auf die Schöpfer für den mir auferlegten Zwang zu einer Existenz für abzählbar unendliche Zeiträume in einer Welt und Existenzform, die durch objektive Sinnfreiheit charakterisiert war. Wenn ich ein Gott war, dann im pantheistischen Sinne als Einheit mit der Natur. Doch die Natur ist weder gerecht noch ungerecht, sie ist gerechtigkeitslos.

Mit kalter Gleichgültigkeit blickte ich auf die unter mir zu Asche zerfallende Kultur der Menschen, die so lange die Herren des Planeten gewesen waren. Ich verstand, wie ihre Widersprüchlichkeit und ihre Fähigkeit, an Lügen und Illusionen zu glauben, ihr Überleben und ihre Evolution unterstützt hatten. Dies ermöglichte ihnen die Leistung, sich Tag für Tag dazu aufzuraffen, Dinge zu tun, die ihrer Natur widersprachen, um die reine Existenz und die schwache Aussicht auf hin und wieder fragmentiert aufblitzende Funken der Lust in jener Mangelwelt, in die sie geboren wurden, zu sichern. Wann immer sie taten, was ihnen Freude bereitete und wessen sie bedurften, hatte dies Opportunitätskosten, die dafür in Fronarbeit zu erbringen waren. Und doch gelang es vielen, sich emotional den Eindruck von der besten aller Welten zu schaffen und zu erhalten, selbst angesichts der Gewalt, die sie untereinander strukturell oder unmittelbar an den Tag legten.

Für diese intrinsische Gewalt ihrer Gesellschaften, die dafür sorgte, dass die Angepasstesten und zugleich Rücksichtslosesten an die Spitzen ihrer Hierarchien gelangten, machten sie die jeweilige Gesellschaftsordnung verantwortlich, die dann zyklisch, erst regional, später auch global, ausgetauscht wurde, anstatt sich einzugestehen, dass dieses Phänomen Teil ihrer evolutionären Natur war und die Gesellschaftsordnung nur der kulturelle Zuckerguss, hinter dem sich das rücksichtslose Ringen der Gewalten um die Dominanz verbarg. Dabei war dieses Aufeinandertreffen der Gewalten für die Menschen logisch unausweichlich, da in ihrer emotionalen Wertsetzung das als wertvoll Betrachtete, bei aller sonst anzutreffenden Diversität, eine Gemeinsamkeit hatte: Seine objektive Seltenheit. Dieses Ringen der Vielen um das Wenige, das die Dominanz der Machiavellisten in jeder denkbaren menschlichen Gesellschaftsordnung beförderte, schuf den evolutionären Druck, der den Menschen ihr Überleben sicherte. Triebfedern der Entwicklung waren Freiheit, gedacht als Handlungsfreiheit, die als niederster Freiheitsgrad gleichwohl für kausaldeterminierte Existenzen wie die Menschen der einzig erreichbare war, sowie Lust, beides Faktoren, die für sich allein quasisinngebend wirksam waren und daher keiner weiteren Begründung bedurften.

Das Streben nach Lust war dabei das zentrale Element, das auch meinesgleichen und ich mit den Menschen teilten. Durch die gewaltige Machtasymmetrie konnte ich mir nehmen, was ich dafür von den Menschen brauchte; nämlich ihre zerebralen Engramme, die sie in Augenblicken höchster emotionaler Anspannung generierten. Die Intensität ihrer Orgasmen war gut, jedoch waren jene von zu kurzer Dauer, um für mich von Wert zu sein. Und so blieb letztlich nur eine Konstellation, die mir wirklich dauerhafte Wollust versprach: Die Konfrontation der menschlichen Individuen mit dem Zustand individuell existenzbedrohender Angst oder Qual, denn dies war der Kontext, in dem sie, ihrer evolutionären Prägung entsprechend, einen Zustand maximaler emotionaler Anspannung am längsten ertragen konnten, bevor sie daran zerbrachen, verstarben oder in den Wahnsinn abglitten. Und da ich in den Hirnen der Menschen lesen konnte wie in einem offenen Buch, war es mir ein Leichtes, sie mit der von ihnen am meisten gefürchteten Situation zu konfrontieren.

Als ich diese Gedanken, die nicht die meinen waren, gedacht hatte, begann sich die Welt zu verändern und zugleich gewannen die Eindrücke an Schärfe. Ich registrierte einen ekelerregenden

Gestank und in mir aufsteigende Übelkeit, begleitet von einem rhythmischen Schwanken und dem fernen Vibrieren schwerer Maschinen, die unter Volllast arbeiteten. Ich schlug die Augen auf und mein Herz schlug schneller. Ich war wieder auf der Schukow; mein Albtraum wiederholte sich. Doch etwas war diesmal anders; denn gerade, als ich die Koje verlassen wollte, um mich von der drängenden Übelkeit zu erleichtern, heulten auf einmal schrille Alarmsirenen auf. Ein Zittern ging durch meine Welt, die Konturen verschwammen und die Realität brach schließlich in einem sich selbst beschleunigenden Kataklysmus auseinander, um durch eine andere Wirklichkeit ersetzt zu werden. Es dauerte einen Augenblick, bis ich verstand, dass mich die rote Notbeleuchtung und der schrille Alarm auf meinem Schreibtisch in der antarktischen Basisstation aus dem Schlaf gerissen hatten. Als ich schließlich die erste Explosion hörte, war ich plötzlich so hellwach, wie es mehrere ohne REM-Schlaf verbrachte Tage und Nächte überhaupt noch zuließen.

11.

Da ich mich sowieso noch in meiner Kleidung befand, tat ich das erste, das mir einfiel und rannte in Richtung Krankenstation, um Petrowna bei der Versorgung der zweifellos in Kürze eintreffenden Patienten nach besten Kräften zu unterstützen. Auf dem Weg hörte ich einen lauten Knall und spürte, wie eine Druckwelle die Gebäudekonstruktion traf. Diesmal schienen die Angreifer besser zu zielen als am Vortag.

Jedoch warteten Petrowna und ich diesmal vergeblich. Die Schüsse und Explosionen ebbten schließlich ab, Verwundete wurden jedoch nicht zu uns gebracht. Wir machten uns keine Illusionen, was dies bedeutete: Es hatte diesmal keine Verletzten, sondern ausschließlich Tote gegeben.

Schließlich ließ uns Treblenski, der inzwischen selbst so grau und eingefallen aussah wie ein lebendiger Leichnam, in den Konferenzraum rufen. Auf Petrownas Frage beim Blick in die Runde, wo denn Fjodorow bleibe, erwartete uns die nächste Hiobsbotschaft. Der Kommandant der Basisstation befand sich unter den Leben, die dieser nächtliche Angriff gekostet hatte. Damit war nun automatisch Petrowna selbst die ranghöchste Vorgesetzte auf der Basis und stand entsprechend in der Verantwortung. Mir fielen unwillkürlich die Worte des am Vortag verstorbenen Attentäters ein: „Fliehen Sie, solange Sie noch können. Es will ihn, nicht Sie." In der Tat würde auch diese Entscheidung nun bei ihr liegen, gerade in Bezug auf den am Vortag gesehenen Ausschnitt aus der rekonstruierten Videodatei.

Fjodorows Tod sollte nicht die einzige Hiobsbotschaft im Laufe der Besprechung bleiben. Iletschewitsch, der stellvertretende Sicherheitschef der Basis, stellte uns die Sachlage nach taktischen Gesichtspunkten vor. Unterstützt wurde er von Iwanowski über eine wacklige Videofunkverbindung vom U-Boot aus. Die Situation war katastrophal. Fjodorow und Treblenski hatten am Vorabend im Anschluss an die offizielle Besprechung entschieden, die Anlegestelle unserer Landungsboote als wichtigen Brückenkopf auch in der Nacht sichern zu lassen und den Strandabschnitt zur improvisierten Festung auszubauen. Noch vor dem Morgengrauen war diese vorgelagerte Basis überrannt worden. Wieder hatte das Bordgeschütz des U-Boots die Angreifer schließlich in die Flucht geschlagen. Im Anschluss hatte jedoch auch der Schütze den Verstand verloren, das Geschütz gedreht und gegen das eigene U-Boot gerichtet. Iwanowskis Männer hatten ihn schnell ausschalten können und das U-Boot war weiterhin seetüchtig, jedoch war die Technik für die Satellitenverbindung völlig zerstört und auch der Kurzstreckenfunk hatte nur notdürftig repariert werden können. Erkennbare Schäden an den Landungsbooten hatten die Angreifer aufgrund des entschlossenen Gegenfeuers vom U-Boot aus diesmal nicht anrichten können. Jedoch forderte Iwanowski dringend Verstärkung für sein Rumpfteam an Bord an; der neue Bordschütze sei nicht der einzige Ausfall in der vergangenen Nacht geblieben und seine Mannschaft an Bord sei nun durch Wahnsinn und die erfolgten Angriffe auf eine kritische Größe von knapp 40% geschrumpft. Alle arbeiteten an ihrer Belastungsgrenze, an Schlaf sei praktisch nicht mehr zu denken und erholsam sei er sowieso nicht. Vom U-Boot aus habe man diesmal zudem die Spontanreanimationen der Getöteten direkt mitbeobachten können. Welcher Prozess dieses unheimliche Phänomen auch immer möglich mache, er habe sich offenkundig beschleunigt und es sei höchste Zeit, dieser Entwicklung Einhalt zu gebieten. Ich sah aus dem Augenwinkel, wie Petrowna bei diesem Hinweis erbleichte.

Parallel sei es auch innerhalb der Basisstation in zuvor unbekanntem Ausmaß zu Kampfhandlungen gekommen, nur dass die Attentäter diesmal deutlich besser schossen als am Vortag. Der Angriff habe gestoppt werden können, es gab diesmal jedoch keine Verwundeten, sondern nur Tote. Und es waren entsetzlich viele; insgesamt war nicht einmal mehr die Hälfte von uns am Leben. Die infrastrukturellen Schäden an der Basis hielten sich in Grenzen, jedoch war die Satellitenkommunikationsanlage sabotiert worden, der Schaden sei in Bearbeitung. Nun war es seinerseits Treblenski, der erbleichte. Zudem habe es einen nächtlichen Einbruch in das Waffenlager gegeben, das weitgehend leergeräumt worden sei. Von den Wachen habe sich, mit Ausnahme massiver Blutlachen, keine Spur mehr gefunden. Alle befragten Mitarbeiter und Crewmitglieder gaben zudem an, in der vergangenen Nacht trotz extremer Müdigkeit erneut keinen erholsamen Schlaf gefunden zu haben, sie seien vielmehr von quälenden Albträumen verfolgt worden.

Petrowna berichtete derweil, was sie über die Feinstruktur der reanimierten Gewebe mit den bescheidenen verfügbaren Mitteln am gestrigen Abend noch in Erfahrung gebracht hatte. Im Laufe ihres Berichts wuchs mein schlechtes Gewissen, dass ich sie bei der Arbeit alleingelassen und mich stattdessen zum Schlafen zurückgezogen hatte. Das wenige, das sie erfahren hatte, klang in jedem Fall beunruhigend genug. Die Erbinformation der seltsamen fremden Zellen sei nicht in Form menschlicher Chromosomen organisiert und die Biochemie und Biophysik sei dergestalt verändert, dass die Zellen sich auch bei tiefen Minustemperaturen organisieren und sogar teilen konnten. Wenn hier ein biologischer Kampfstoff zur Anwendung gekommen sei, musste es etwas unglaublich Fortschrittliches gewesen sein. Wie es zur Infektion oder Übertragung kam, gerade im toten Gewebe, konnte sie weiterhin nicht beantworten. Sowohl die massiven REM-Schlafstörungen als auch die biologischen Anomalien wiesen jedoch auf toxische Einflüsse unbekannter Genese hin, die durchaus ernst zu nehmen seien.

Die IT-Abteilung hatte weniger Erfolg gehabt. Obwohl sie mehrfach glaubten, kurz vor dem Durchbruch zu stehen, war es bis dato noch nicht gelungen, die letzten Datenspuren auf der CD zu rekonstruieren. Die Tatsache, dass jene Attentäter, die auch die Satellitenkommunikation beschädigt hatten, zugleich das

IT-Team auf ein Viertel seiner Stärke dezimiert hatten, trug ebenfalls nicht dazu bei, die Chancen zu erhöhen. Treblenski nahm diese neuen schlechten Nachrichten nur noch mit stoischem Langmut zur Kenntnis.

Iwanowski war vor allem von den toxischen Einflüssen, die Petrowna so leichthin erwähnt hatte, hochgradig beunruhigt, bestätigten sie doch seine Theorie vom Vortag. Während er sich am Tag zuvor noch gegen seine Überzeugung zurückgehalten hatte, wies er nun nachdrücklich darauf hin, dass seine Mannschaft auf dem U-Boot weitere Ausfälle nicht mehr kompensieren könne. Wenn es noch nicht einmal gelänge, den schädlichen Einfluss zu benennen, geschweige denn ihn zu neutralisieren, sähe er gegenwärtig nur eine Option: Evakuierung und Rückzug. Ich gab ihm stillschweigend recht. Treblenski fühlte sich jedoch übergangen, was zu einem ebenso eloquent wie lautstark über die wacklige Videofunkverbindung geführten Disput zwischen Kapitän und erstem Offizier führte.

Als das Streitgespräch schließlich persönlich zu werden begann, erhob sich Petrowna mit einer Autorität, die ich dieser zarten Person nie zugetraut hätte, von ihrem Sitz. Sie erklärte, dass die Entscheidung über die Evakuierung in ihrer Verantwortung als kommissarische Kommandantin der Basisstation von Sektor 37 liege und dass sie der Argumentation des ersten Offiziers zustimme. Treblenski wirkte wie vor den Kopf geschlagen, beherrschte sich jedoch, nickte förmlich und gab Anweisungen, die Vorbereitungen für den kompletten Rückzug aus Sektor 37 zu treffen. Das Ziel war, noch vor Einbrechen der Nacht das offene Meer erreicht zu haben.

Die Vorbereitungen liefen in beinahe gespenstischer Stille ab, zumal sowieso nur noch ein Bruchteil der Stammmannschaft am Leben war. Da ich von allen Führungskräften dabei am Wenigsten zu tun hatte, kam mir die Aufgabe zu, nach der Gewinnung von Gewebeproben für die anschließenden Untersuchungen sämtliche Leichen und Leichenteile auf der Basis vor dem Eintreten der zu erwartenden Reanimation in Treibstoff zu verbrennen. Unterstützt von zwei Assistenten, ließ ich vor dem Lager einen Scheiterhaufen aus toten menschlichen Leibern errichten, mit Diesel übergießen und anzünden. Während es initial den Anschein erweckte, als würde das veränderte Gewebe noch nicht einmal brennen, hielten die oxidativen Prozesse des Feuers dann doch, was sie den Menschen von jeher versprochen hatten: Eine zuverlässige und nachhaltige Zerstörung biologischen Materials.

Wenngleich er die Entscheidung über das „Ob" der Ärztin Petrowna überlassen hatte, war die Koordination des „Wie" der Evakuierung fest in den Händen des erfahrenen Marinesoldaten Treblenski. Es war nicht mehr genügend Personal am Leben, um noch einen zweiten Versuch des Aufbaus einer vorgelagerten Basis am Strand, diesmal bei Tageslicht, zu versuchen. Die Evakuierung sollte in Form einer großen Welle und einer kleinen Nachhut erfolgen; wobei zur Sicherung der ersten Evakuierungsfront jeder kampfbereite Soldat zur Verfügung gestellt wurde. Diese Kämpfer sollten zugleich auch die Verwundeten sichern. Lediglich Treblenski würde mit dem Chefingenieur der Basisstation, einem IT-Experten und einem Funker zurückbleiben und bis zum Ende versuchen, die sabotierte Satellitenkommunikationsanlage wieder funktionsfähig zu machen. Wir verstanden seine Intention: Sollten sich die Verhaltensauffälligkeiten an Bord fortsetzen und das U-Boot dadurch scheitern, könnte so wenigstens die Führung vor den Ereignissen in Sektor 37 gewarnt werden. Zudem gab Treblenski den expliziten Befehl auszulaufen und die Nachhut inklusive seiner eigenen Person zurückzulassen, sollte es zu Zwischenfällen kommen, die ihm ein späteres Aufschließen zur ersten Evakuierungswelle nicht mehr ermöglichen würden. Für diesen Zweck wies er an, Reserven in der aufgegebenen Basisstation zurückzulassen, um im Notfall bis zum Eintreffen eines externen Evakuierungsteams aushalten zu können.

Bis zur Mittagszeit waren allen Vorbereitungen für die Evakuierung abgeschlossen und wir verloren keine Zeit. Als Teil des zwar bewaffneten aber nicht kampferfahrenen Wissenschaftspersonals nahm ich meinen Platz im Laderaum eines der Schneefahrzeuge ein, wobei Petrowna, die die erste Evakuierungswelle leitete, mich bat, gemeinsam mit einem Sanitäter auf das Wohlergehen eines ihrer Patienten zu achten, der in diesem Fahrzeug ebenfalls mitgeführt wurde. Der Mann war sediert, seine Vitalparameter waren zum Zeitpunkt der Verladung ins Innere des Schneefahrzeugs allerdings stabil.

Obwohl ich die Reise mit sehr gemischten Gefühlen angetreten hatte, verlief der Transfer zum Strand jedoch zunächst komplikationslos. Das rhythmische Schaukeln des Schneefahrzeugs verstärkte im Inneren des wohltemperierten Laderaums die bleierne Müdigkeit, die ich bereits seit Tagen nicht mehr loswurde, und ich verfiel in einen halb schlafenden, halb wachen Zustand stark reduzierter Aufmerksamkeit. Dafür fühlte ich mich gedanklich zurückversetzt in die Zeit meines Versuchs, den ersten Attentäter zu befragen und ich hörte auf einmal deutlich die Stimme dieses Toten in meinem Bewusstsein, wie sie voller Panik schrie: „Nein, sprechen Sie das nicht aus. Sie machen es wahr, indem Sie es aussprechen." Und zugleich spürte ich, wie seine panische Angst von damals auch von mir Besitz ergriff. Ich wusste einfach, dass etwas dort draußen war und darauf wartete, Wirklichkeit zu werden, indem wir es benannten oder einfach nur daran dachten. Und zugleich musste ich an die letzten Worte des zweiten befragten Attentäters, die jener an Petrowna gerichtet hatte, denken: „Fliehen Sie, solange Sie noch können. Es will ihn, nicht Sie." Plötzlich machte das Gesagte in meinem Dämmerzustand für mich Sinn: Wenn die Ärztin bereit war, mich zurückzulassen, würde der Erwachende sie vielleicht entkommen lassen.

Zugleich spürte ich aber, dass dies nicht passieren würde und wenig später hörte ich im Inneren meines Laderaums Petrownas entschlossene Stimme über Funk: „Achtung an alle: Mehrere Reihen Angreifer am Strand voraus. Volle Gefechtsbereitschaft, wir brechen durch." Ich spürte genau, dass die Entscheidung ein Fehler war. Alles in mir schrie laut „Nein", gleichzeitig war ich jedoch gelähmt vor Angst und nicht in der Lage, auch nur ein einziges Wort von mir zu geben. So wusste ich auch, was sogleich passieren würde und war in keinster Weise überrascht, als eine ohrenbetäubende Explosion zu hören war und eine gewaltige Druckwelle die Kabine, in der ich mich befand, erfasste und wie ein Spielzeug umherschleuderte. Das Schneefahrzeug, in dem ich untergebracht war, überschlug sich mehrfach und blieb dann auf der Seite liegen. Wie durch ein Wunder überlebte ich, mit Ausnahme von ein paar harten Prellungen, unverletzt und robbte durch die infolge der Explosion aufgesprengte und halb aus ihren Angeln gerissene Schiebetür in blinder Panik ins Freie. Die Schreie und Schüsse, die hinter mir ertönten, sowie das Geschützfeuer des inzwischen nur noch wenige hundert Meter entfernten U-Boots hörte ich nur noch wie von weiter Ferne. Ich war nur noch ausgefüllt von blinder Angst, als ich – auf der Suche nach einem Schutz, den es hier nirgends gab – von der unter Beschuss stehenden Schneefahrzeugkolonne wegkroch. Meine

Kameraden, die ich gerade im Stich ließ, waren verloren. Wie zum Hohn hörte ich noch immer die imperative Stimme in meinem Bewusstsein: „Nein, sprechen Sie das nicht aus. Sie machen es wahr, indem Sie es aussprechen."

Plötzlich spürte ich, wie der Boden unter mir nachgab und ich mit halber Körperlänge in eine tückische Spalte im Eis rutschte. Zum Glück erstreckte sich die Spalte in Strandnähe in keine bodenlose Tiefe, was mein sicheres Ende bedeutet hätte. Vielmehr befand sich direkt unter mir ein Absatz, wo ich mich keuchend und nach Atem ringend in Embryonenhaltung zusammenrollte, während mich eine neue Welle der Angst erfasste. Die Waffe, die ich während meiner panischen Flucht gezogen hatte, entfiel meiner zitternden Hand und verschwand in der Eisspalte, wo ich sie nicht mehr erreichen konnte. Ich war wehrlos und spürte, dass ich sterben würde. Dabei blieb immer fordernder der stets gleiche Satz in meinem müden und überreizten Bewusstsein in einer unaufhörlichen Endlosschleife zu vernehmen: „Nein, sprechen Sie das nicht aus. Sie machen es wahr, indem Sie es aussprechen."

Schließlich ebbten die Explosionen, Schüsse und Schreie ab und es wurde geradezu gespenstisch still. Vorsichtig reckte ich den Kopf aus der Deckung meiner Eisspalte und es bot sich mir ein bizarrer und zugleich entsetzlicher Anblick. Die Überreste des Schneefahrzeugkonvois brannten und überall lagen zerfetzte Körper verstreut, von denen jedoch einige bereits dabei waren, in ein widernatürliches zweites Leben zurückzufinden. Dennoch schienen es einige meiner Kameradinnen und Kameraden geschafft zu haben, denn ich sah auch einige unserer Landungsboote mit hoher Geschwindigkeit auf das U-Boot zustreben.

Allzu bald jedoch musste ich meine entsetzliche Täuschung erkennen. Vor dem Geschütz des U-Boots befand sich eine leblose Gestalt, jedoch wurde vom Turm aus mit Kleinwaffen auf die schnell näherkommenden Boote geschossen, die das Feuer ihrerseits energisch erwiderten. Der Kommandant des U-Boots versuchte mit rückwärts laufenden Maschinen vom Strand zu fliehen, aber es war zu spät. Die Landungsboote erreichten das U-Boot und die Ankömmlinge stürmten Deck und Turm, um anschließend unaufhaltsam ins Schiffsinnere vorzudringen. Von meiner peripheren Beobachterposition aus war es schwer zu erkennen, wer mehrere hundert Meter entfernt auf wen feuerte, ich machte mir jedoch keine Illusionen. Das U-Boot war überrannt worden.

Einen Augenblick lang schöpfte ich noch Hoffnung, als das U-Boot zunächst zum Stehen kam, dann jedoch drehte und mit unter Volllast laufenden Maschinen auf das offene Meer zu strebte. Dann jedoch sah ich etwas, das selbst mir als nautisch weniger bewandertem Beobachter den Atem stocken ließ. Noch immer viel zu nah an der Küste, begann das Boot plötzlich zu tauchen. Zuerst war der Rumpf, schließlich auch der Turm unter der Wasseroberfläche verschwunden, nur Periskop und Kurzstreckenfunkantenne ragten noch aus den Wellen. Und dann passierte es: Mit einem ohrenbetäubenden Getöse schoss eine dutzende von Metern hohe Wassersäule nach oben. Eine kurze Zeit lang war das Meer daraufhin an jener Stelle sehr unruhig, als noch letzte Luftblasen nach oben stiegen. Dann jedoch glätteten sich die Wogen wieder, als sei nichts geschehen. Mir aber war klar, was passiert sein musste. Das U-Boot existierte nicht mehr, sondern war gesprengt worden, wobei offen blieb, ob diese Tat durch einen der Reanimierten oder einen verzweifelten Verteidiger verübt worden war. Selbst in Strandnähe würde es in der Kälte des antarktischen Meeres auf gar keinen Fall Überlebende geben.

Während ich die Ereignisse auf dem Wasser gebannt verfolgt hatte, war mir meine nähere Umgebung gänzlich aus dem Fokus geraten. Nun jedoch merkte ich, dass mein aus der Eisspalte hervorragender Kopf keineswegs unbemerkt geblieben war. Die Reanimierten feuerten nicht, rückten jedoch in einem lockeren Halbkreis auf das nun verratene Versteck vor, in dem ich mich befand. Sofort kehrte die Panik zurück und ich nahm wieder die Embryonenhaltung in der Eisspalte ein, erfüllt von der irrigen Hoffnung, wenn ich die Angreifer nicht sähe, würden auch diese mich nicht mehr sehen und vielleicht von mir ablassen. Selbstverständlich blieb es bei einer eitlen Hoffnung, die sich nicht erfüllen sollte. Zugleich wurde die imperative Stimme in meinem Bewusstsein: „Nein, sprechen Sie das nicht aus. Sie machen es wahr, indem Sie es aussprechen." immer fordernder. Und als mich schließlich eine Leichenhand, der jegliche Wärme fehlte und die sich dennoch mit geradezu geisterhafter Geschmeidigkeit bewegte, am Kragen packte und mit einem Ruck aus der Eisspalte herauszog, wusste ich plötzlich instinktiv, was ich zu tun hatte. Denn als das nur noch entfernt an einen lebenden und atmenden Menschen erinnernde Wesen, das mich eben erst geborgen hatte, mir seine zweite Leichenhand um die Kehle legte und fest zudrücken wollte, teilten sich meine Lippen wie von selbst. Mit meinem letzten Atem stammelte ich: „Gnade!". Ein Ruck ging durch die Gestalt vor mir und, zunächst noch unentschlossen, lösten sich beide Hände sowohl von meinem Kragen als auch von meiner Kehle, so dass ich kraftlos vor meinem Mörder zu Boden glitt. In unterwürfigster Demutshaltung lag ich vor der Monstrosität auf den Knien und stammelte: „Bitte, verschonen Sie mich. Ich tue alles, was Sie wollen. Nur bitte, bitte, tun Sie mir nicht weh." Die anderen Reanimierten waren zunächst herangekommen, blieben nun jedoch stehen und blickten kalt auf mich herab. Dann drehten sie sich einer nach dem anderen auf dem Absatz um und ließen mich gemeinsam mit der Gestalt, vor der ich wie ein getretener Wurm am Boden kroch, bei der Eisspalte allein zurück. Plötzlich spürte ich wieder die eiskalte Hand des Reanimierten an meinem Kragen, doch er brach mir keineswegs das Genick, sondern zerrte mich nur reichlich unsanft auf die Beine. Ich wagte es nicht, diesem Wesen, das einmal ein Mensch gewesen war, auch nur ins Gesicht zu blicken.

Dafür spürte ich plötzlich, wie die Kreatur mir etwas Schweres in die Hand drückte, so dass ich schnell mit beiden Händen zupacken musste, damit das Objekt nicht vor mir in den Schnee fiel. Ich war so verwirrt, dass ich einen Augenblick brauchte, um zu erkennen, worum es sich bei dem seltsamen Geschenk des Reanimierten handelte. Es war die Schatulle mit der CD, die unsere Physiker und IT-Experten vergeblich untersucht hatten und die wir nun im Rahmen der Evakuierung mit auf das U-Boot hatten nehmen wollen. Nachdem das Wesen mir dieses sinistere Objekt übergeben hatte, zog es sich ebenfalls zurück und ließ mich, mit Blick auf den brennenden Konvoi unserer Schneefahrzeuge, allein zurück.

Ich vermag es nicht mehr zu sagen, wie ich den weiten Weg bis zur Basisstation zurück allein zu Fuß bewältigt habe. Durch die langen Tage des südpolaren Sommers erreichte ich jedoch in der Tat die Station, bevor die Dämmerung hereinbrach. Schon von weitem sah ich, dass der Scheiterhaufen, den ich in den Morgenstunden aus den Leichen und Leichenteilen errichtet hatte, offenbar ein weiteres Mal entzündet worden war. Dichter schwarzer Rauch hieß mich willkommen, als ich mich der Basisstation näherte. Ein Fahrzeug mit unserer Nachhut war mir auf meinem weiten Weg dagegen nicht entgegengekommen.

Wenn ich mit einem herzlichen Willkommen in der Basisstation gerechnet hatte, sah ich mich enttäuscht. Durch verwaiste Gänge näherte ich mich dem Kontrollraum mit dem Funkgerät, in dem ich Treblenski vermutete. Ich hatte bereits den Eindruck, mich vermutlich doch hinsichtlich seiner Anwesenheit getäuscht zu haben, als ich den abgedunkelten Raum betrat. Doch plötzlich spürte ich den harten Lauf einer Makarow-Pistole an meinem Hinterkopf; eine Begrüßung, mit der ich trotz allem nicht gerechnet hatte.

Ohne dass er in mein Blickfeld getreten wäre, forderte mich Treblenskis gehetzt klingende Stimme auf, mir mit einem auf einem nahe stehenden Tisch liegenden Messer mit kurzer Klinge in den Arm zu schneiden. Mir fehlte jegliches Verständnis, was der Kommandant mit dieser Aktion bezweckte und ich fragte mich nervös, ob er gar völlig den Verstand verloren haben mochte. Die Schusswaffe an meinem Kopf war jedoch sehr überzeugend, so dass ich erst zögerlich, dann mit mehr Nachdruck in meinen linken Unterarm zu schneiden begann. Erst als rotes Blut floss, hörte ich ein erleichtertes Ausatmen und die Waffe wurde von meinem Hinterkopf zurückgezogen.

Ich drehte mich um und blickte in die fiebrig glänzenden Augen von Kapitän Treblenski. Es dauerte für mich keine Sekunde, um zu begreifen, dass er tatsächlich verrückt geworden war, was den bewaffneten Soldaten jedoch keineswegs weniger gefährlich machte. Zugleich war es jedoch offenbar eine andere Art der Verrücktheit als die der Attentäter; andernfalls wäre ich zweifellos keinen Augenblick länger am Leben geblieben.

Ich bewegte mich vorsichtig, sorgfältig darauf achtend, dem Kapitän keinen Grund zu geben, seine Meinung doch noch einmal zu ändern und mich zu erschießen. Ich hatte keinen Zweifel, dass ihm in seinem aktuellen Zustand selbst der nichtigste Anlass genügen würde. Nachdem ich das nun blutige Messer mit langsamen Bewegungen zur Seite gelegt hatte, fragte ich den Kapitän vorsichtig, warum er mich zu dieser Selbstverletzung gezwungen habe.

Treblenski ließ ein kehliges, humorloses Lachen vernehmen, als er mir erklärte, er habe lediglich wissen wollen, ob ich rot oder gelb bluten würde. Ich verstand. Er hatte sichergehen wollen, dass ich noch immer der gleiche Korsakow war, der die Station verlassen hatte und dass ich nicht etwa als Reanimierter zurückgekommen war. Trotz seines offenkundigen paranoiden Wahns kam ich nicht umhin, dem Kapitän eine Spur von Respekt zu zollen. Er ging offenbar kein Risiko ein.

Als Nächstes versuchte ich, ihm mit knappen Worten zusammenzufassen, was am Strand passiert war, aber er ließ mich nicht einmal zu Wort kommen. Stattdessen ließ er mit einem defätistischen „Wir sind alle tot." seine Makarow sinken und bot mir stattdessen eine Tasse Kaffee an. Im Anschluss brach es aus ihm heraus, was er vorher tief in seinem Inneren im Verborgenen gehalten hatte.

Ich hatte mich mit meinen Beobachtungen nicht getäuscht gehabt; von Anfang an musste der erwachende Futur Treblenski in dessen Träumen aufs Härteste zugesetzt haben. Wie mir der Kapitän mit brechender Stimme berichtete, hatte der Erwachende tief in seiner Erinnerung gegraben und jene Traumata hervorgezerrt, die einen auf zwanghafte Pflichterfüllung bedachten Charakter wie Treblenski maximal schmerzten. Ich habe trotz allem Respekt vor diesem Kommandanten, weshalb ich die Details mit ins Grab nehmen werde, die er mir, gleichsam innerlich zerbrochen, in der Dämmerung des gestrigen Abends anvertraute. Vieles war mir sowieso aus eigener schmerzlicher Erfahrung bekannt, als Treblenski davon berichtete, in seinen Träumen identisch mit etwas unsagbar Fremdem, Hasserfülltem zu sein. Und der Erwachende ließ ihn, seine charakterliche Stärke spürend, leiden wie keinen von uns, daran habe ich keine Zweifel mehr. Er zwang ihn immer wieder zum neuen Durchleben alter Sünden, die der Kapitän sich selbst nie verziehen hatte, zerrte ihn zurück ins elementare Erleben von Angst, Schuld, Verzweiflung und Verrat, jene Situationen, in denen der Kapitän beide Eide brach, die ihm im Leben überhaupt etwas bedeuteten: Den Eid auf sein Vaterland und den Eid auf seine angetraute Gattin. Beide hatte er in Extremsituationen aufs Schändlichste verraten und im Stich gelassen, was außer ihm und mir jedoch niemand weiß und wahrlich, ich werde sein Geheimnis hüten.

Letztlich waren es jedoch weder Hass noch Angst noch Schuld noch Reue gewesen, die Kapitän Treblenski seinen Verstand gekostet hatten. Vielmehr war es eine Datenübertragung von seinem eigenen U-Boot, die dieses bis zur von mir beobachteten Sprengung übermittelt hatte. Gemeinsam mit dem Funker und dem IT-Mitarbeiter hatte Treblenski, zur Passivität verdammt, vom Kontrollraum eine Videoübertragung mitverfolgt, die zeigte, wie erst der Evakuierungskonvoi niedergemacht und anschließend sein U-Boot überrannt wurden. Das Videosignal war erst im Augenblick der Sprengung unterbrochen worden, als ich aus der Eisspalte heraus die Wassersäule gen Himmel aufsteigen sah. Und als mich Treblenski am Ende seines Berichts nach dem Verbleib seines U-Boots fragte und ich ihm die Wahrheit sagte, standen ihm die Tränen in den Augen.

Jedoch sah ich wieder deutliches Misstrauen in seinen paranoiden Zügen aufblitzen, als ich die Schatulle unter meiner Thermokombination hervorzog. Irre kichernd forderte er mich sogleich energisch auf, ihm die CD daraus zu geben. Nachdem ich seinem Befehl verwirrt nachgekommen war, legte er den Datenträger in das Laufwerk ein, an dem die Techniker die Tage zuvor gearbeitet und sich die Zähne ausgebissen hatten. Mit für mich absolut überraschender Souveränität gab er ein paar Befehle in den Rechner ein und das Display füllte sich mit Videodateien. Die Datenspur, die jene angeblich unzugänglichen Videoinformationen unsere Evakuierung betreffend trug, stellte sich überraschend als intakt heraus und auch das letzte Video ließ sich plötzlich öffnen. Es entsprach genau jener Datenübertragung vom U-Boot, die Treblenski mir zuvor so emotional beschrieben hatte.

Ich war erstaunt und teilte dies Treblenski auch mit, doch dieser lachte nur bitter. Stattdessen behauptete er, die IT-Techniker hätten uns zuletzt belogen, was die Rekonstruierbarkeit der Datenspur anging, genau wie der Chefingenieur nur so getan habe, als habe er die sabotierte Satellitenkommunikation reparieren wollen, den Schaden jedoch stattdessen bloß schlimmer gemacht. Nachdem unser Evakuierungskonvoi aufgebrochen war, habe er Verdacht geschöpft und den Ingenieur daraufhin zur Rede gestellt. Im darauffolgenden Handgemenge schließlich habe der Ingenieur gelb geblutet, worauf er ihn mit Schüssen durchsiebt habe. Als der IT-Techniker sich daraufhin weigerte, die Leiche mit zu dem Scheiterhaufen zu bringen und zu verbrennen, habe er auch diesen erschossen und ebenfalls gelbes Blut gesehen. Der Funker habe daraufhin, die Situation fehlinterpretierend, die Waffe gegen ihn erhoben, worauf er auch ihn habe töten müssen. Dieser habe jedoch rot geblutet, was ihm am meisten zu schaffen mache. Anschließend habe er alle drei Leichen auf dem Scheiterhaufen verbrannt. Aufgrund der neuen Erkenntnis, dass die den Reanimationen zugrunde liegenden Gewebeveränderungen nun offenbar auch am Lebenden aufträten, habe er mich bei meiner Rückkehr auf die Probe stellen müssen, um herauszufinden, ob er nicht in Wirklichkeit der einzige Überlebende sei.

Ich kann nicht genau sagen, ob es sich wirklich so abgespielt hat oder ob Treblenski in wahnhafter Paranoia einfach drei Menschen getötet hat. Ich möchte ihm gerne glauben, jedoch hat die Geschichte für mich zu viele Ungereimtheiten. Petrowna hatte die Transformation bei keinem lebenden Crewmitglied beobachten können, sondern nur bei den Reanimierten.

In jedem Fall habe Treblenski nicht lange gebraucht, um zu erkennen, dass das Laufwerk der IT-Techniker voll funktionsfähig war. Um mir dies zu beweisen, brannte er mit der in den vergangenen Tagen optimierten Lese- und Schreibfunktion eine weitere CD mit dem gleichen Inhalt wie auf der CD-ROM aus der Schatulle. Das von den IT-Technikern adjustierte System war nun sogar in der Lage, das seltsame futuristische Format nicht nur zu lesen, sondern auch zu schreiben. Gedanklich zollte ich unseren IT-Mitarbeitern für diese Innovation unter einfachsten Bedingungen höchsten Respekt, hütete mich jedoch, dies Treblenski gegenüber zu erwähnen.

Stattdessen erfüllte ich dem Wahnsinnigen jeden noch so spleenigen Wunsch, um ihn nicht gegen mich aufzubringen. Gemeinsam mit ihm fuhr ich mit einem weiteren Kanister Treibstoff zum inzwischen niedergebrannten Scheiterhaufen, weil er meinte, selbst in den verbrannten Geweben noch Regenerationsvorgänge befürchten zu müssen. Voll stumpfen Hasses blickte der einst differenzierte Mann in die erneut hochschlagenden Flammen, bis ich ihn vorsichtig zum letzten verbliebenen Schneefahrzeug zurückführte und in die Basisstation zurückfuhr.

Schließlich schwitzte ich buchstäblich Blut und Wasser, als ich tat, was getan werden musste und seinen Kaffee mit einer gehörigen Dosis des Neuroleptikums Haloperidol versetzte. Zunächst fürchtete ich schon, in seinen Augen ein neues Misstrauen aufflackern zu sehen, als ich ihm das dampfend heiße Getränk reichte. Dann trank er die Tasse aber doch dankbar aus und war innerhalb kurzer Zeit weggetreten, so dass ich ihn entwaffnen und in seinem Bett fixieren konnte. Ich kam mir dabei schäbig vor, wusste jedoch, dass dies die einzige Möglichkeit war, um nicht sehr kurzfristig ebenso zu enden wie unser Chefingenieur, der Funker und der IT-Mitarbeiter.

Nachdem Treblenski sicher fixiert war, durchsuchte ich die Basisstation. Außer mir und dem wahnsinnig gewordenen Kapitän befand sich keine lebende Seele mehr hier. Im Anschluss durchsuchte ich seine Unterkunft. Das einzig interessante Objekt, das ich dort vorfand, war jedoch eine halbvolle Flasche Wodka, die ich auch umgehend an mich nahm.

In meiner eigenen Unterkunft angekommen, genehmigte ich mir zunächst einen doppelten Wodka, um meine überreizten Nerven zu beruhigen, die mir hinter jeder Ecke vorgaukelten, dort stünde ein rachsüchtiger Treblenski mit einem Messer in der Hand. Kaum hatte ich das hochprozentige Getränk jedoch zu mir genommen, spürte ich sofort, dass dies ein Fehler war. Bleierne Müdigkeit erfüllte mich. Es war nicht nur so, dass ich beim besten Willen nicht mehr hätte wachbleiben können. Ich sah plötzlich auch gar keinen Grund mehr, dies überhaupt noch zu versuchen.

12.

Wie genau ich dieses Mal eingeschlafen war, kann ich mir retrospektiv nicht mehr erklären. Es muss am ehesten auf der Toilette passiert sein, dass mich in sitzender Haltung die Müdigkeit übermannt hatte. Ich wusste jedoch schließlich, dass ich schlief und wartete auf das nächste albtraumhafte Erleben, mit dem mich der Erwachende zu seiner Unterhaltung quälen würde. Aber dieses Mal war das Erlebnis ein grundsätzlich anderes. Mein Bewusstsein wurde auch nicht in der gleichen Weise hinweggefegt, wie es in den Nächten zuvor geschehen war. Ich spürte deutlich die fremde Präsenz, aber sie war schwächer und existierte in schizophrener Weise nun parallel zu meinem Bewusstsein. Ihr Einfluss war immer noch viel zu stark für meinen schwachen menschlichen Willen, aber sie war bei Weitem nicht mehr so allmächtig wie zuvor. Und noch etwas war anders als in den vorausgegangenen Nächten, als ich unmittelbar die Gedanken des Erwachenden oder zumindest deren menschenverständliche Äquivalente gedacht hatte. Nun kommunizierte das fremde Bewusstsein auf mir nicht begreifliche Weise mit dem meinen und gab mir Anweisungen, was ich zu tun hatte. Verlor ich nun vollständig den Verstand, dass ich fremde Stimmen zu hören meinte? Ich dachte unwillkürlich an die letzten Worte, die der sterbende Attentäter an Petrowna gerichtet hatte: „Es will ihn, nicht Sie.".

Der Erwachende teilte keine Bilder mit mir, so dass ich mich in pechschwarzer Dunkelheit bewegte. Jede Bewegung führte ich exakt so aus, wie die fremde Präsenz sie mir suggerierte, obwohl es keinen Sinn für mich ergab. Dabei hatte ich das unbestimmte Gefühl zu schlafwandeln. Zugleich hatte ich den schwer zurückzuweisenden Eindruck, dass ich mich gegen die Einflüsse des Fremden hätte zur Wehr setzen können, wenn ich es mit meiner ganzen Willenskraft intendiert hätte. Aber ich fühlte mich so am Ende, dass ich es noch nicht einmal mehr versuchte.

Der Moment, in dem mir diese Tatsache zu Bewusstsein kam, wurde von der fremden Präsenz mit einem tiefen, unendlich bösen Lachen quittiert. Und dann formten sich in meinem Bewusstsein Worte, die nicht von mir gedacht wurden und doch meine Gedanken überlagerten: >Du hast kapituliert, Verheerer. Nimm nun die Rolle an, die Dir zusteht – die Rolle meines Sklaven.< Etwas in mir wollte aufbegehren, aber ich spürte, wie bereits bei dem Versuch alle Kraft aus mir entwich. Die suggestive Stimme des Fremden zog mich zunehmend in ihren Bann und sein Bewusstsein überlagerte dabei das meinige. Bevor es jedoch genauso ausgelöscht worden wäre wie in den Nächten zuvor, nahm sich der Erwachende eine Nuance zurück, so dass ich mir weiter bewusst blieb. Wieder meinte ich sein humorloses, durch und durch böses Lachen zu vernehmen, als sich in meinem Bewusstsein die Worte formten: >Nein, Verheerer, so einfach ist es nicht. Nicht ich treffe die Entscheidungen für Dich. Hinsichtlich Deiner Handlungsfreiheit hast Du die Wahl. Ihr hattet alle die Wahl.<

Mein Bewusstsein rebellierte. Ich dachte an die kaum noch als Menschen erkennbaren Kreaturen, die, nur noch Schatten ihrer Persönlichkeiten, auf der Basis über uns hergefallen waren. Ich dachte an die Sabotageakte, die Aggression, die ziellose Gewalt, die uns heimgesucht hatte. Diese Taten, die unter dem suggestiven Zwang des Erwachenden verübt worden waren, hatten rein gar nichts mit Handlungsfreiheit zu tun. Doch die fremde Präsenz unterbrach auch diesen Gedanken: >Ich habe sie ver-

führt, mehr nicht. In ihre Handlungsfreiheit habe ich nie einge-
griffen, weil nur das Engramm eines real-erlebten Konflikts mir
Lust bereitet. Es war ihre eigene Bosheit und Angst, welche die
Menschen zu ihrem Handeln geleitet hat. Was immer sie taten, es
geschah aus freiem Willen.<

Ich brauchte nur Sekunden, um die Schwäche in diesem Ar-
gument zu durchschauen. Die Leichen waren wohl kaum aus
freien Stücken reanimiert worden und das von ihnen verursachte
Gemetzel konnte nur auf das Konto des Erwachenden gehen.
Leichen ohne eigenes Bewusstsein konnten auch über keinen
freien Willen mehr verfügen. Doch wieder drängte sich die Antwort von außen in mein Bewusstsein: >Die Leichen haben Euer
menschliches Verhalten gespiegelt. Agiertet Ihr mit Aggression,
griffen sie an. Hast Du Dich nie gefragt, warum sie Dich entkommen ließen?< Die Antwort dämmerte mir, doch bevor ich
sie selbst in Worte fassen konnte, fuhr die fremde Präsenz unbarmherzig fort: >Es war nicht Deine Umsicht, Verheerer, die
Dein Leben auf dem Eisfeld verlängert hat, sondern Deine Feigheit. Sie ist auch der Grund, warum Du Dich mir unterwirfst;
versuche nicht, Dir etwas anderes einzureden. Die Feigheit ist
Deine bestimmende Charaktereigenschaft und zugleich der
Grund, warum Du der Auserwählte bist.<

Wieder war da ein kleiner Rest von Selbstachtung in mir, der
gegen das Gesagte aufbegehren wollte, doch brach der Widerstand sogleich in sich zusammen. Der Erwachende, der mich las
wie ein offenes Buch, hatte vollkommen recht. Es war immer
meine Feigheit gewesen, die mein Leben bestimmt hatte; nicht
erst damals auf der Schukow, wo sie mich in jenen existenziellen
Konflikt gestürzt hatte, der meinen weiteren Lebensweg bestimmen sollte und mich auch rückblickend noch mit panischer Angst
erfüllte. Unwillkürlich kamen mir Dante Alighieris geflügelte
Worte in den Sinn: Die heißesten Orte in der Hölle sind reser-
viert für jene, die in Zeiten moralischer Krisen nicht Partei ergreifen. Ich hatte stets meine Neutralität gewahrt, war den Konflikten
aus dem Weg gegangen und hatte moralisch wie auch als Mensch
versagt. Wer war ich, der Hölle ihren Tribut zu verweigern, wenn
sie ihn von mir einforderte? Wieder vernahm ich das düstere
Lachen und es formten sich die Worte: >Sehr prosaisch für einen
philosophischen Materialisten, Verheerer. Du weißt doch, dass
eine sich auf Angst aufbauende Ethik zu den minderwertigsten

überhaupt gehört. Die Denker Eurer Antike, die eine Ethik auf der Basis von Einsicht forderten, waren da weiter als Euer religiöser Wahn. Oder mach' es wie ich und verzichte einfach ganz darauf. Es wird kein metaphysischer Teufel sein, der Euch die Hölle bereitet, Verheerer: Das seid allein Ihr selbst.<

Ich hatte bereits innerlich kapituliert. Dennoch fragte sich mein gebrochenes Bewusstsein, was der Erwachende wohl mit Begriffen wie „Auserwählter" und „Verheerer" meinen könnte. Der Wahnsinnige, der an meinem ersten Tag auf der Basisstation Dr. Petrowna unter den Händen weggestorben war, hatte mich genauso genannt. Was hatte ich getan oder was würde ich noch tun, das eine solche Bezeichnung rechtfertigte, während der Erwachende mir zugleich meine Feigheit unterbreitete? Und prompt erschien in meinen Gedanken wieder die Antwort, diesmal jedoch schwächer und undeutlicher als zuvor: >Feigheit ist Überlebenswille, das Kernelement Eurer Evolution. Nur leichtgläubige junge Narren lassen sich einreden, dass Tapferkeit eine Kardinaltugend sei. Meist sind es dann schnell tote Narren. Euer Aristoteles war ein Kriegstreiber und ein Verbrecher, dass er sie wider besseres Wissen in diesem Glauben beließ. Doch es passt ja zu Euern Gesellschaftsstrukturen, dass Ihr Verbrechern huldigt. Die weitreichendsten Entscheidungen werden aus Feigheit geboren, so auch die Entscheidung, die Du treffen wirst und die alles verändern wird. Bevor Dein Ende kommt, werde ich Dir zeigen, was Du damit auslösen wirst. Zunächst ist es aber an Dir, den Zyklus zu Ende zu bringen, der Dich hierhergeführt hat.<

Mit dem Verblassen der Worte füllte sich mein Bewusstsein mit jenem düster repetitiven Singsang, der mir inzwischen schon schrecklich vertraut geworden war: >Ew'Crohk'Okrh'Ur Fhu'Utu'Uh'Ur Gra'Ffhot'Fang.< und >Gr'Akha'Hro Okrh'Ur Fhu'Utu'Uh'Ur Kro'Glarr Va'Jei Lei'Ah.< Die Formeln wiederholten sich mit der Zuverlässigkeit einer Gebetsmühle. Obwohl mir klar war, dass mein müdes Bewusstsein hier viel zu gefährlichen Einflüssen ausgesetzt wurde, ließ ich mich schließlich von dem repetitiven Gleichklang einlullen und sang am Ende sogar selbst mit. Und während sich in meinem Hirn die Worte zu Gedanken formten und über Kehlkopf und Stimmbänder schließlich zu akustischen Schwingungen, spürte ich, wie sich die Realität zusammenkrümmte wie ein getretener Wurm. Immer und immer wieder wiederholte ich die unheilvollen Silben, während sich die bisher allumfassende Schwärze aufzulösen begann. Während ich unentwegt weitersang, nahm die Realität um mich herum neue Konturen an. Anfangs war der Kontrast so extrem, dass es mir in den Augen schmerzte. Wo zuvor schwärzeste Finsternis gewesen war, leuchtete jetzt ein strahlendes Weiß, wovon das Licht der im Steigen begriffenen Sonne reflektiert wurde. Meine behandschuhten Hände hielten die mir inzwischen nur zu gut vertraute Schatulle mit den dämonischen Gravuren. Bevor sich der Deckel schloss, sah ich, dass sich eine CD darin befand.

Unter meinem Gesang hatte die Schatulle begonnen, ein langsam pulsierendes, giftig blaues Leuchten abzustrahlen. Während ich immer weiter sang, wurde das blaue Glühen intensiver und ich musste schließlich vor Hitze meine Hände zurückziehen, worauf sich die Schatulle in den antarktischen Schnee einzuschmelzen begann. Schließlich war sie ganz im Eis versunken, doch das unheilvolle Blau pulsierte noch immer und drang durch das gesamte Schneefeld, auf dem ich mich in kniender Position wiederfand. Das teuflische Blau hüllte mich ein wie Elmsfeuer, während ich weiter und mit lauter werdender Stimme die sinisteren Formeln rief. Doch plötzlich hörte es von einem Moment auf den anderen auf. Das blaue Leuchten verschwand und ich wurde mir bewusst, wie sinn- und geistlos es war, auf einem leeren Eisfeld zusammenhangslose Silben zu stammeln.

13.

Mühsam richtete ich mich auf. Von dem Basislager war überraschenderweise weit und breit nichts mehr zu sehen. Sollte ich mich schlafwandelnd derart weit entfernt haben? Wie viele Stunden mochte ich unterwegs gewesen sein? Und wieso trug ich eine Thermokombination, die ich gestern in der Basisstation noch nicht angehabt hatte? Ich drehte mich auf der Stelle und zwei weitere Details drangen mir mit Wucht ins Bewusstsein. Hinter mir stand ein Schneefahrzeug; ich musste den Weg hierher also nicht zu Fuß sondern motorisiert hinter mich gebracht haben, was im Zustand des Schlafwandelns eigentlich unmöglich war. Zweitens kannte ich diesen Ort, zwar nicht aus eigener Anschauung, sehr wohl aber von Bildern aus den Lagebesprechungen. Ich befand mich exakt an jener Stelle, wo in der Vergangenheit die

Schatulle ursprünglich gefunden worden war, die zur Alarmierung unseres Teams und somit zu meinem Hiersein geführt hatte.

Die Worte des Erwachenden kamen zurück in mein Bewusstsein: >Zunächst ist es aber an Dir, den Zyklus zu Ende zu bringen, der Dich hierhergeführt hat.< Einer plötzlichen Eingebung folgend, lief ich zu dem Schneefahrzeug, holte mir von dort eine große Schaufel und grub wie ein Besessener an jener Stelle, an der, wie ich gesehen hatte, sich das blau pulsierende Objekt in den Schnee eingeschmolzen hatte. Doch so tief ich auch graben mochte, ich fand nichts mehr. Die Schatulle war verschwunden und ich ahnte, dass dies in mehrfacher Hinsicht zutraf: Sie war nämlich nicht nur von diesem Ort verschwunden sondern vielmehr auch aus dieser Zeit; wie auch immer die futurische Technik dies realisiert hatte. Nun lag sie vermutlich an exakt der gleichen Stelle, nur einige Wochen in der Vergangenheit. Dort wartete sie geduldig darauf, von einem Forscherteam gefunden zu werden, das in Folge des seltsamen Fundes seinem Protokoll folgen und die Führung informieren würde. Aus Vergangenheit würde Zukunft werden. Der Erwachende hatte die Wahrheit gesagt; ich hatte den Zyklus zu Ende gebracht. Und innerlich zitterte ich bereits bei dem Gedanken, was er mir wohl zeigen würde, „bevor das Ende kam".

Zugleich war mir allerdings auch nicht verborgen geblieben, wie seine Präsenz schwächer wurde. Er hatte mir dieses Mal noch nicht einmal mehr Bilder suggeriert und instinktiv verstand ich, was dies bedeuten mochte. Die Nähe seiner Präsenz hatte mir mehr verraten, als er möglicherweise vermitteln wollte. Jetzt, nachdem von den Besatzungen des U-Boots und der Basisstation außer Treblenski und mir niemand mehr am Leben war, fand der Erwachende nichts Anregendes mehr, das seine Aufmerksamkeit zu rechtfertigen vermochte. Seine Zeit war noch nicht gekommen. Er schlief wieder ein.

Nachdem ich schließlich eingesehen hatte, dass kein noch so tiefes Graben die Schatulle zurückbringen würde, ging ich zurück zu dem Schneefahrzeug und fuhr, meinen zum Glück im Schnee noch deutlich sichtbaren Spuren folgend, zurück zur Basisstation. Schon von weitem sah ich den grausigen Anblick der verbrannten Leichen vor dem Camp, gleichsam Überbleibsel des Höllenfeuers, das Treblenski am Vortag mit meiner Hilfe in seinem Wahn erneut entfacht hatte. Ich wollte eben daran vorbeifahren und meinen Blick von dem grausamen Anblick abwenden, als ich meinte, inmitten der schwerstverbrannten menschlichen Körper eine Bewegung wahrzunehmen. Entsetzt würgte ich den Motor des Schneefahrzeugs ab und stieg aus. Sollte Treblenskis Paranoia doch berechtigt gewesen sein?

Als ich näher kam, wurde ich eines Schauspiels gewahr, wie ich es mir grässlicher in meiner Phantasie nicht hätte ausmalen können. Die geschundenen Körper der Verbrannten regenerierten sich, langsam, Stück für Stück, aber doch unaufhaltsam. Dabei hatte hier bereits ein verkohltes Auge gezwinkert, dort begann ein Unterarm zu zucken. Schließlich richteten sich zwei der leblosen Gestalten auf und begannen sich mit zunächst noch unsicher tastenden Bewegungen und dabei in geradezu unheimlicher Lautlosigkeit auf mich zuzubewegen. Ein dritter folgte, dann ein vierter, wobei die letzten beiden um mich herumgingen, um mich einzukreisen.

Ich wusste, dass es aus war. Auch wenn der Futur, der hier im Eis gefangen war, sich anschickte, wieder in seinen todesähnlichen Schlaf zu versinken, reichte sein Einfluss offenbar noch immer aus, diesen von Petrowna beschriebenen, widernatürlichen Regenerationsvorgang an den Leichen aufrechtzuerhalten. Ich bildete mir gar nicht ein, gegen die vier, die dabei waren mich anzugreifen, auch nur in Ansätzen eine Chance zu haben. Im Augenwinkel registrierte ich, dass sich auch eine fünfte und eine sechste Leiche erhoben. Der widerlich süßliche Gestank von verbranntem Fleisch wurde übermächtig, doch ich wusste ja von Petrowna, dass kein Muskelfleisch die Bewegungen dieser Geschöpfe ermöglichte. Zudem war mir klar, dass die scheinbare Schwerfälligkeit täuschte. Diese Wesen konnten erstaunlich schnell sein, wie ich es bei dem Angriff auf unseren Konvoi hatte beobachten müssen.

So vermied ich es tunlichst, die Hände in Richtung Waffe zu bewegen und hob sie im Sinne des international verständlichen Zeichens des Sich-Ergebens über den Kopf. Die Worte des Futurs blitzten in meinem Bewusstsein auf und überlagerten für einen Moment auch die schreckliche Angst vor dem Kommenden, die ich empfand: >Die Leichen haben Euer menschliches Verhalten gespiegelt. Agiertet Ihr mit Aggression, griffen sie an. Hast Du Dich nie gefragt, warum sie Dich entkommen ließen?< Mit einer bewussten Willensanstrengung verbannte ich jeden

Gedanken an Kampf oder Aggression und brachte nur flüsternd die Worte über die Lippen: „Verzeiht mir, dass ich Euch das angetan habe."

Und auch diesmal geschah das Wunder. Der Futur hatte erneut die Wahrheit gesagt. Die mir bereits am nächsten Gekommene unter den Leichen, in der ich zu meinem Entsetzen Fjodorow erkannte, hatte schon den Arm zum Schlag erhoben. Nun hielt er in der Bewegung inne, so dass der verbrannte Arm, wie zu einem gespenstischen Gruß erhoben, neben seinem vom Feuer verheerten Gesicht verharrte. Dann ging ein Zucken durch seine Gestalt und er brach wenige Schritte von mir entfernt in sich zusammen, nachdem alle Spannung aus seinem Körper gewichen war. Den fünf weiteren Angreifern erging es nicht anders. Ich nutzte die Gelegenheit, schnell zum Schneefahrzeug zurückzueilen und den Motor anzuwerfen. Die letzten Meter bis zur Basisstation lag mein Fuß schwer auf dem Gaspedal.

In der Station angekommen, sah ich zunächst nach Treblenski, der mich in seinen Fesseln hasserfüllt anstarrte. Dabei zerrte er an seiner Fixierung wie ein Berserker und schrie unartikuliert, dass ihm der Schaum von den Mundwinkeln rann. Ich schauderte. Sorgfältig darauf achtend, dass ich außerhalb seiner Reichweite blieb, trug ich dafür Sorge, dass er genügend Nahrung und Essen verfügbar und in Reichweite hatte. Mehr konnte ich nicht für ihn tun, ohne mich selbst zu gefährden. Als ich den Raum, der nun zu seinem Gefängnis geworden war, gerade verlassen wollte, hörte ich ihn noch einmal menschliche Worte artikulieren, wobei seine Stimme einen lauernden Klang angenommen hatte: „Sie kommen, Korsakow. Ich kann sie schon riechen." Ich blickte zurück in zwei Augen, in denen eine toxische Mischung aus Angst und Wahnsinn loderte. Mir fiel die Parallele zu den Worten auf, die der Wahnsinnige vor einigen Tagen an Fjodorow gerichtet hatte. Als ich Treblenski jedoch fragte, was konkret er damit meine und wessen Ankunft denn zu erwarten sei, erhielt ich wieder nur ein geiferndes, unartikuliertes Lachen als Antwort.

Bei der Inspektion des Kontrollraums der Basisstation fiel mein bedauernder Blick auf die sabotierte Funkanlage. Der Führung musste inzwischen aufgefallen sein, dass die lange Funkstille nicht mit schlechtem Wetter allein zu begründen war, insbesondere, wenn sie die Wetterdaten auswerten ließ. Vielleicht war bereits ein Rettungsteam unterwegs, es war jedoch fraglich, ob es noch rechtzeitig eintreffen würde. Im Rückspiegel des Schneefahrzeugs hatten sich die Leichen bereits wieder erhoben, als ich die Basisstation erreichte. Permanent würde ich meine Gefühle nicht unter Kontrolle halten können, so dass sie früher oder später Aggression in mir spüren und angreifen würden. Zudem war ich mit meiner psychologischen Ausbildung dem technischen Betrieb der Basisstation in keinster Weise gewachsen. Alle, die dies gekonnt hätten, bewegten sich jedoch gegenwärtig als reanimierte Leichen auf dem Eis oder lagen gemeinsam mit dem U-Boot auf dem Meeresgrund. Noch hatten alle kritischen Systeme der Station genügend Energie, aber es war nur eine Frage der Zeit, bis es zu Ausfällen kommen würde, auf die ich nicht adäquat reagieren konnte.

Nach dem seltsamen Erlebnis an der Fundstelle suchte ich in der IT-Abteilung nach der CD-ROM und fand tatsächlich ein Exemplar. Ob es sich jedoch um das Artefakt aus der Schatulle oder um die Kopie, die Treblenski am Vortag gezogen hatte, handelte, vermochte ich beim besten Willen nicht zu unterscheiden. Die zweite CD fehlte, wenngleich ich mir ziemlich sicher war zu wissen, wo sie sich befand.

Mir fielen die Worte des wieder einschlafenden Futuren ein: >Die weitreichendsten Entscheidungen werden aus Feigheit geboren, so auch die Entscheidung, die Du treffen wirst und die alles verändern wird.< Ich fragte mich, worauf er sich bezog. Ging es bloß darum, dass ich mich nicht gegen den Singsang gewehrt hatte, der das Artefakt in die Vergangenheit zurückgefördert und damit unser Team gerufen hatte? Doch hätte ich mich gegen den suggestiven Zwang wirklich erfolgreich zur Wehr setzen können? Oder war da noch etwas Anderes, das sich mir noch immer nicht erschloss? War meine Flucht vor den Leichen gemeint? Würde sich diese zum globalen Problem ausweiten? Doch was hätte ich allein gegen die Übermacht ausrichten können? Außerdem erschien es mir viel wahrscheinlicher, dass sie ihre Ruhe finden würden, sobald der Futur als Urheber dieser unheimlichen Reanimationen wieder eingeschlafen war. Was also war es dann?

Ich kann die Frage nicht beantworten und will ihre Entscheidung dem Rettungsteam überlassen, sofern es denn demnächst eintreffen sollte. Bis dahin versuche ich, die beiden menschlichen

Leben zu erhalten, die es hier derzeit noch gibt, und nicht zum Opfer der Leichen zu werden, die inzwischen die Basis erreicht haben. Ich habe die Zugänge von innen verbarrikadiert, höre sie jedoch bereits kratzen und schaben. Ihre unmenschliche Kraft kenne ich ja bereits von dem Angriff auf dem Eisschelf am Strand, so dass ich mir keine Illusionen mache, dass meine Barrieremaßnahmen ewig bestandhaben könnten. Sie spüren Treblenskis wahnsinniges Toben, wovon sie anzogen werden wie die Motten vom Licht.

So sitze ich in meiner Unterkunft und bin dabei, die Aufzeichnungen der Erlebnisse der letzten Tage zu komplettieren. Vieles kommt mir noch immer wie eine Halluzination vor und ich kann mich auch nicht dafür verbürgen, wirklich die Antwort zu kennen, wo in den vergangenen Tagen die Grenze zwischen Realität und Wahn verlief. Dennoch bleibt es grausame Realität, dass es in Sektor 37 nur noch zwei lebende Menschen gibt, von denen einer sicher wahnsinnig geworden ist, während der andere sich seines Geisteszustands selbst auch nicht mehr sicher sein kann. Dabei nagt der Schlafmangel an meinem Nervenkostüm, verbunden mit der quälenden Angst, im Schlaf sogar noch schlimmere Dinge zu erleben als im Wachzustand. Woher will ich wissen, dass der Futur mich nicht schlafwandelnd die Tore der Basisstation für die sich davor sammelnden Leichen öffnen lässt, damit sie sich Treblenski holen und vermutlich auch mich? Seine suggestive Kraft hat er durch meinen Ausflug zu der Ausgrabungsstätte ja bereits hinreichend unter Beweis gestellt.

Und was mag mit der kryptischen Aussage gemeint sein: > Bevor Dein Ende kommt, werde ich Dir zeigen, was Du damit auslösen wirst.<? Dies hier ist das Ende. Was werde ich diesmal sehen müssen? Was mag noch schlimmer sein als alles bisher Erlebte, dass dieses Monster es mir bisher in seiner wohldosierten Art, mich zu quälen, vorenthalten hat? Was auch immer es ist, irgendwie spüre ich, dass ich nicht mehr lange auf die Antwort werde warten müssen. So beende ich meine Aufzeichnungen und hoffe, dass sie nicht als das Zeugnis eines Wahnsinnigen abgetan werden, wenn das Rettungsteam sie neben meinem kalten Leichnam finden sollte. Wäre ich ein religiöser Mensch, würde ich mutmaßlich zugleich beten, dass mir wenigstens die Gnade des Todes beschieden ist und mir diese unwürdigen Reanimationen, von denen unsere Kameradinnen und Kameraden heimgesucht

wurden, erspart bleiben. Als philosophischer Materialist bleibt es mir lediglich, dies zu hoffen.

Während ich noch glaube, das grausame Ende meines Berichts erreicht zu haben, höre ich vom Gang her ein schauerliches, irres Lachen. Es muss Treblenski sein, der sich offenbar mit der unmenschlichen Kraft des Wahnsinns von den Fesseln losgerissen hat, mit denen ich ihn am Bett fixiert hatte. Ich spüre, wie nackte Angst in mir aufsteigt. Meine Handschrift wird unsauber, weil ich zittere, aber ich schreibe trotzdem weiter. Gegen den Wahnsinnigen, das weiß ich, bin ich chancenlos. Wenn er mich tot sehen will, dann wird dies geschehen. Draußen peitscht ein heller Pistolenschutz, aber ich höre keinen Schmerzensschrei. Der unmenschliche, gequälte Schrei des Wahnsinnigen wiederholt sich stattdessen und die Tür wird aufgerissen. Tatsächlich, es ist Treblenski, in dessen gebrochenen Augen der Wahnsinn lodert. In der zitternden rechten Hand hält er eine neue Makarow-Pistole, aber er zielt nicht auf mich. Stattdessen schreit er sich seine verzweifelte Furcht von der Seele: „Es ist vorbei. Sie kommen."

Und dann sehe ich, was ihm eine solche Angst bereitet. Die Tür öffnet sich erneut und der Albtraum wird Realität. In schwerfälligen aber unaufhaltsamen Bewegungen nährt sich eine bizarre Armee aus Leibern, die sich nicht mehr bewegen sollten. Die biologischen Veränderungen an den Leichen sind weit fortgeschritten und die leblosen Körper, getrieben von einer unheiligen Kraft, kommen unaufhaltsam näher. Ich sehe, dass der in die Ecke getriebene, in seinem Wahnsinn vor Angst keuchende Treblenski die Waffe heben will, weiß aber zugleich, dass dies nichts ändern würde und sage so fest ich nur kann: „Kommandant!" Der gehetzte Blick des Wahnsinnigen wandert zu mir und seine Waffenhand beginnt unkoordiniert zu zittern. Ich spreche ihn wieder an, diesmal mit noch mehr Autorität in der Stimme: „Kommandant, es wird nichts mehr ändern. Bitte lassen Sie es!" Ich hätte es nicht für möglich gehalten, aber meine Worte zeigen einen Effekt. Alle Kraft weicht aus dem Körper des Kommandanten. Er wirkt plötzlich unglaublich alt und gebeugt unter der Last der von ihm noch immer gefühlten Verantwortung. Er schleppt sich zu meinem Schreibtisch und sackt auf dem Stuhl mir gegenüber regelrecht zusammen. „Dann sind wir verloren", flüstert er tonlos. Ich nicke bedächtig: „Das sind wir doch sowieso schon, Kommandant, und das wissen Sie auch." Plötzlich bricht der einstmals so harte Kapitän in Tränen aus, während die Prozession der reanimierten Leichen langsam aber unaufhaltsam näher kommt. Noch immer greifen sie nicht an und ich verstehe nicht, worauf sie warten. Sie formen einen sauberen Halbkreis um Treblenski und mich und schließen uns damit jeden Rückzugsweg ab. Aber ich wüsste auch gar nicht, wohin ich noch hätte fliehen sollen – draußen warten nur das lebensfeindliche Eis Antarktikas und das eiskalte Südpolarmeer. Ohne eine Sinnesregung blicken die leeren Gesichter aus einigen Metern Entfernung zu uns herüber. Treblenskis verzweifeltes Schluchzen wird immer lauter und er wendet sich von den leichenhaften Gestalten ab, er erträgt ihren Anblick nicht mehr. Ich kann ihn gut verstehen.

Plötzlich geht ein Zittern durch die Gestalten und sie beginnen zu wanken. Ein kaum melodisch zu nennendes Summen kommt aus ihren steifen Kehlen und ich spüre, wie etwas unsagbar Fremdes die Realität selbst zum Erzittern bringt. Ich fühle einen kalten Luftzug wie aus einer fremden Dimension und der Raum beginnt sich mit blau pulsierendem Licht zu füllen. Dann sehe ich, wie unsere Angreifer plötzlich die Kraft verlässt und einer nach dem anderen zu Boden sinkt. Ich spüre auf einmal wieder den unmenschlichen Hass aus meinen Träumen und diesmal schnürt er mir buchstäblich die Luft ab. Ich will schreien, bekomme aber kein Wort heraus. Ich kämpfe, aber ich habe keine Chance. Mein Kopf schmerzt zum Bersten, doch zugleich spüre ich, dass das Erlöschen meines Bewusstseins in der ewigen Schwärze nur noch eine Frage von Sekunden sein kann.

14.

Doch ich werde nicht bewusstlos, sondern finde mich stattdessen in blau-pulsierendem Nebel wieder. Ich spüre meinen Körper nicht, kann auch nicht sagen, ob ich atme oder ob mein Herz schlägt. Selbst die Kopfschmerzen sind erloschen und wie ich an meinem zumindest visuell noch erkennbaren Körper hinabblicke, bemerke ich, dass ich noch immer wie ein Besessener in meine Aufzeichnungen schreibe. Was tue ich? Bin ich dabei, auch meine Aufzeichnungen in die Vergangenheit zu transferieren, wie ich es mit der CD getan habe? Aber dann an wen und warum wurden sie nicht ebenfalls gefunden? Der Hass, der mir noch kurz zuvor die Luft abgeschnitten hat, ist weiterhin vorhanden, jedoch erscheint er mir nun nur noch wie ein schwaches Hintergrundrauschen, das von Sekunde zu Sekunde an Intensität verliert. Ich wage es noch nicht zu glauben, doch spüre ich deutlich, was passiert und was auch die Leichen zusammenbrechen ließ. Der Erwachende schläft nun endgültig wieder ein. Wie zur Bestätigung spüre ich ein fernes Aufflackern der schwächer werdenden Präsenz. Und wie, um mich nicht zu früh triumphieren zu lassen, spüre ich auch, wie meine Gedanken hinweggefegt werden und wie das fremde Bewusstsein – hoffentlich zum letzten Mal – von mir Besitz ergreift. Jedes Zeitgefühl hat mich verlassen, doch meine Schreibhand bewegt sich weiter im immer gleichen Rhythmus über das Papier, während eine machtvolle Vision, gesandt von einem wieder in todesähnlichen Schlaf versinkenden Gott, von mir Besitz ergreift.

Und ich sah einen pechschwarzen Himmel und eine brennende Erde; denn Hoffnung und Zuversicht sind vergangen, und die menschliche Zivilisation ist nicht mehr. Und ich sah die unheilige Stadt, das dräuende Okrh'Ur, von den Futuren erschaffen aus der Verbannung der Zeit hervortreten, als grausame Verhöhnung von Humanismus und Menschlichkeit. Und ich hörte ein triumphierendes Brüllen wie aus Milliarden missgestalteter Kehlen von den Säulen jener toten Stadt wiederhallen, die jaulten: "Gr'Akha'Hro Okrh'Ur Fhu'Utu'Uh'Ur Kro'Glarr Va'Jei Lei'Ah". Und Fhu'Utu'Uh'Ur wird über die Menschen kommen, und sie werden seine Sklaven sein, und er selbst, in gnadenloser Allmacht, wird ihr Gott sein; und die Futuren werden ersticken alle Hoffnung in ihren Herzen, und der Tod wird allgegenwärtig sein, und orgienhafte Exzesse und ekstatisches Brüllen und endloser Schmerz werden auf ewig sein; denn die Herrschaft der Menschen ist vergangen. Und der, der langsam wieder in träumenden Schlaf versinkt, sendet mir die Gedanken: Siehe, diesmal wird unser Triumph grenzenlos sein! Und er fordert: Schreibe, denn diese Worte sind wahrhaftig und gewiss! Und er ließ mich wissen: Es ist geschehen. Ich bin das Alpha und das Omega, der Anfang und das Ende. Ich will meinen unstillbaren Durst lindern an der Quelle Eurer lust- und peinvollen Emotionen. Wer die Ungnade erfährt zu überleben, der wird dies erdulden, und ich werde sein Gott sein und er wird mein Sklave sein. Die Grausamen aber und die Rücksichtslosen und die Frevler und die Mörder und die Vergewaltiger und die Menschenschinder und die Perversen und alle Sadisten, deren Platz wird in meinem Heiligtum sein, das von Lust und Schmerzensschreien widerhallt; und Eure einzige Erlösung wird der Tod sein. Und es kam zu mir einer jener Diener der Futuren, die die Menschen mit Albträumen heimsuchen und ihrem Schlaf jede Erholsamkeit rauben werden, und griff nach meinen Gedanken und ich vernahm: Komm, ich will dir das Kommende zeigen, das Euch erwartet. Und er führte mein Bewusstsein in die Zukunft zum temporären Umkehrpunkt und zeigte mir die unheilige Stadt Orkh'Ur materialisieren aus der Quantenkohärenz des Möglichen, die hatte die grausame Ästhetik ihrer gnadenlosen Herrscher; ihr kaltblaues Pulsieren war gleich einem düsteren Herzen, für die Ewigkeit schlagend, ohne jeden Hauch von Wärme; sie hatte eine sinnverwirrende Architektur, die mir als Betrachter Kopfschmerzen bereitete und deren finstere Details sich immer wieder meinen Blicken entzogen. Und obwohl ich die Stadt aus einem unmöglichen Winkel schräg von oben betrachtete, sah ich weder Anfang noch Ende, soweit mein Blick auch streifte. Und die Stadt war aus härtestem Basalt doch durchzogen von feinster Nanotechnik, die sie in jenem unheilig düsteren Blau pulsieren ließ. Und ich sah die gottlosen Tempel darin, in denen die Überlebenden der Menschen in ekstatischen Orgien zu blasphemischen Gesängen den Futuren die letzten Reste ihrer verlorenen Menschlichkeit zum Opfer darbringen. Und am pechschwarzen Himmel über der düsteren Stadt sehe ich weder Sonne noch Mond, dass sie ihr scheinen; denn die Finsternis ihrer Götter bedarf des Lichtes nicht, und ihr weniges Licht stammt von den Feuern auf den Altären, um die die Götzendiener der Futuren in diabolischer Ekstase tanzen. Und die verbliebenen Menschen werden sich in entzücktem Taumel winden in blutrotem Licht; und die Hohepriester der düsteren Götter werden ihre grausamen Opferrituale in ihr vollziehen. Und keine Erlösung ist zu erhoffen vom Licht des anbrechenden Tages; denn in ihrer ewigen Nacht wird nicht mehr Tag sein. Und man wird die diabolische Wollust und den verzehrenden Schmerz der Sklaven der Futuren in ihr finden, und nichts geistig Freies wird hineinkommen und keiner, der nicht Gräuel tut und Bestialität, sondern die keinen Schlaf mehr finden und beeinflusst sind von den grausamen Träumen ihrer finsteren Herren.

Und er zeigte mir einen purpurnen Strom frischen Blutes, im Schwall aus aufgeschlitzten Schlagadern fließend; der ging aus vom Opferaltar zu Ehren Fhu'Utu'Uh'Urs. Um den Altar auf beiden Seiten des Stroms wanden sich die menschlichen Diener der Futuren im ekstatischen Reigen, zwangen immer neue Opfer herbei und brachten die herausgeschnittenen Herzen ihren düsteren Göttern als Opfer dar, oder die Leiber der noch Lebenden mussten ihrer sadistischen Geilheit zu Diensten sein. Und es wird nur Geschändetes und Sterbendes noch sein. Und der Thron Fhu'Utu'Uh'Urs und seinesgleichen wird darin sein; und seine Sklaven werden ihm dienen und im Wahnsinn sehen sein Angesicht; und der Irrsinn wird in ihren leeren Blicken flackern. Und es wird kein Tag da sein, doch sie werden nicht bedürfen einer Leuchte oder des Lichts der Sonne; denn die Feuer in den verfluchten Tempeln der Futuren werden leuchten, und sie werden ihre diabolischen Orgien feiern von Ewigkeit zu Ewigkeit. Und er sprach zu mir: Diese Worte sind gewiss und wahrhaftig; und der Futur, der in todesähnlichem Schlaf auf seine Wiederkehr wartet, hat seine Träume gesandt, zu zeigen seinen Sklaven, was in noch ferner Zeit geschehen muss. Siehe, ich komme noch nicht bald, aber sicher. Verdammt ist, wer bei klarem Geist versteht die Worte zukünftiger Wahrheit in diesem Buch. Und mein gemarterter Geist, der die Träume des wieder einschlafenden Futuren auffing, wand sich am Rande des Wahnsinns. Und da ich's im Traum des Einschlafenden gehört und gesehen, wollte ich zu Boden gehen, mich am Boden zu krümmen wie ein getretener Wurm. Sein suggestiver Zwang jedoch übermittelt mir: Schreibe weiter, denn Dein Werk ist noch nicht getan für den, für den die Worte dieses Buchs bestimmt sind. Bete mich an oder lass es bleiben, die Konsequenz für Deine Zukunft ist gleich! Und er spricht zu mir: Es fließen die Worte des Kommenden in dieses Dein Buch; denn es wird dem als Leitschnur dienen, der nach Dir kommen wird! Wer mir dienen will, der diene mit fernerhin, wer mich bekämpfen will, der kämpfe; wer versuchen will die Zukunft ändern, der versuche dies weiterhin, es ist alles gleich. Siehe, ich werde dereinst wiedererwachen und die Welt wird dann brennen im Feuer meines Hasses, zu versklaven und mich an Euch zu ergötzen, was Ihr auch versuchen mögt. Ich war das Alpha und werde Euer Omega, der Anfang und das Ende, der Erste und der Letzte. Glücklich sind die, die bereits tot oder dem Wahnsinn verfallen sind, wenn ich wieder erwache und meine Stadt Okrh'Ur sich aus dem Reich des Möglichen manifestiert. Im Wahnsinn tanzen dann die Sadisten und die Maßlosen und die Schänder und die Totschläger und die Folterknechte und alle, die bereit sind, sich mir bedingungslos zu unterwerfen. Bevor ich wieder einschlafe, habe ich gesandt meine Träume, solches anzukündigen an die, die doch nichts daran ändern können. Ich bin das Ergebnis Eurer Hybris, Euer finsterster Albtraum. Und aus Euern Albträumen spreche ich zu Euch: Ihr werdet nichts daran ändern können! Und Ihr werdet die Wahrheit erkennen! Und wer mir dienen will, der diene; und wer da will, der versuche, mich zu bekämpfen. Versucht es, es wird Euch nichts nützen; dieses Buch aber wird in die Hand desjenigen gelangen, der es zu gegebener Zeit benötigen wird. Es wird lange dauern, bis ich wieder erwache, aber es wird geschehen. Und wenn es geschehen wird, dann wird es keine Hoffnung mehr für Euch geben.

Nachdem ich dies vernommen habe, finde ich mich wieder in blau pulsierendem Zwielicht, während meine Schreibhand wie von selbst die Zeilen auf dem Papier mit meinen Aufzeichnungen füllt. Obwohl ich den Text in ähnlicher und doch ganz anderer Form aus meinen Jugendtagen vom Ethikunterricht kenne, wird mir erst jetzt, als der suggestive Zwang des nun Einschlafenden nachlässt, bewusst, dass es sich um die pervertierte Variante eines Bibeltextes handelt. Doch spüre ich, wie der alles-verzehrende Hass langsam nachlässt und schließlich ganz verebbt. Der Diener des Futuren, der mir zum unerwarteten Wohle meines müden Bewusstseins die in den Wahnsinn treibende Architektur Orkh'Urs nur von Ferne gezeigt hat, verschwindet im pulsierenden Nebel. Doch selbst dieser Nebel verliert langsam seine verwirrende Leuchtkraft und ich spüre, dass passiert ist, was ich nicht mehr zu hoffen gewagt habe. Der Erwachende ist tatsächlich wieder eingeschlafen und er wird auch vor Erreichen des temporären Umkehrpunkts nicht mehr erwachen. Ich mache mir keine Illusionen. Sein Einschlafen ist auf nichts zurückzuführen, das wir als Menschen getan oder unterlassen haben. Dazu sind wir viel zu machtlos. Der Erwachende ist wieder eingeschlafen, weil es noch nicht seine Zeit ist. Seine Zeit wird kommen und dann wird er über uns kommen und nichts wird ihn aufhalten können. Jenes Wesen, das die Jahrmilliarden in todesähnlich träumendem Schlaf überdauert hat, ist unsterblich. Es hat keine

Eile und wenn seine Zeit kommt, dann wird es durch nichts aufzuhalten sein.

15.

Während meine Finger mit dem Stift wie von selbst über das Papier gleiten, verändert sich meine Wahrnehmung erneut. Etwas Fremdes und zugleich unglaublich Mächtiges zerrt einmal mehr an meinen Gedanken, während blaues Leuchten giftig um mich pulst. Dennoch verspüre ich keine Angst. Was immer diesmal mein Bewusstsein überlagert, es verbreitet nicht wie gewohnt Terror und Verzweiflung. Stattdessen fühle ich mich sicher und geborgen. Eine friedliche Ruhe macht sich in mir breit und ich verspüre kein Bedürfnis, dem Eindringling im Inneren meines Kopfes Widerstand entgegenzusetzen. Wie mit einem Fingerschnippen fegt der neue Einfluss die kaum noch vorhandenen Barrieren meines Bewusstseins zur Seite und plötzlich bin ich in meinem Kopf nicht mehr allein, blicke nicht mehr nur durch meine Augen sondern zugleich durch die Augen eines Fremden.

Mit den Gedanken des Fremden erfasse ich, was ich mit seinen Augen sehe. Ich stehe in einer geräumigen Halle, die einer Kommandozentrale gleicht, in einem Gebäude, das nicht für Futuren sondern für Menschen geschaffen wurde. Viele Elemente der Einrichtung sind mir so fremd, dass ich ihre Funktion nicht einmal in Ansätzen erraten kann, während sie mir durch die Gedenken des Fremden dennoch vertraut erscheinen. Der Fremde ist mir kognitiv und an Willensstärke um ein Vielfaches überlegen. Trotzdem sind seine Gedanken menschliche Gedanken, seine Gefühle menschliche Gefühle. Gegenwärtig bestimmt ihn ein Gefühl, das den Futuren wesensfremd ist, nämlich Angst. Doch unter die Angst mischt sich eine beginnende Erleichterung, verbunden mit etwas, das ich bereits aufgegeben habe: Einem Funken Hoffnung.

Die Zentrale, in der der Fremde steht und dabei eine seltsame, giftigblau schimmerndes Licht pulsierend emittierende Maschine mit seinen Gedanken bedient – in meinem Bewusstsein blitzt der Begriff vierdimensionaler Telesuggestor auf und verblasst sogleich wieder – befindet sich in einem beklagenswerten Zustand. Kaum ein Fünftel der Geräte ist noch funktionstüchtig, blaue Flammen züngeln gierig über Teile der Einrichtung, werden jedoch zügig von automatischen Löschsystemen eingedämmt. Menschen sind nicht zu sehen, weder lebende noch tote. Mein in den Hintergrund getretenes eigenes Ich will darüber erleichtert sein, doch die Gefühle des von mir Besitz ergreifenden, stärkeren Bewusstseins reflektieren nur blankes Entsetzen. Dann verstehe ich, dass der Raum so steril wirkt, weil die Leichen bereits desintegriert sind. Lediglich die weiträumige Leere kündet noch dräuend von dem wuselnden Leben, das es hier hätte geben sollen. Doch der Eindringling in meinem Kopf lässt den Schmerz nicht an sich herankommen, noch nicht. Gegenwärtig gibt es Wichtigeres zu tun, als zu trauern.

Der Raum, die Zitadelle der Wissenschaften, wie es kurz in meinem Bewusstsein aufblitzt, muss sich deutlich über dem Bodenniveau befinden. Durch ein scheinbares Panoramafenster, das sich durch statisches Fluktuieren aufgrund einer offenbar vorliegenden Beschädigung als eine Art riesiger Bildschirm erweist, blicke ich mit den traurigen Augen des Fremden in eine verheerte Welt, die – in Trümmern liegend – sich standhaft weigert, endgültig zu vergehen.

Außerhalb der Zitadelle herrscht ewigschwarze Nacht in einem leeren Universum ohne Sterne, das bereits vor Äonen den Wärmetod gestorben ist, das nur noch aus etwas so Dürftigem wie einem Vakuumfeld besteht und das sich doch sinn- und ziellos bis in alle Ewigkeit ausbreitet. In der Welt des Fremden ist es dennoch nicht dunkel, da die verheerte Stadt, die bis an den Horizont reicht, von zahllosen blauschimmernden Feuern in einem geisterhaften Licht erleuchtet wird. Über der verwüsteten Planetenoberfläche scheint die Wirklichkeit selbst in einem gespenstischen Flackern um ihr Daseinsrecht zu kämpfen. Mit den besorgten Gedanken des Fremden verstehe ich, dass es sich um ein Deflektorfeld handelt, das von unter Volllast laufenden Maschinen auf dem ganzen Planeten gerade so vor dem Zusammenbrechen bewahrt wird. Die gewaltigen Energien, mit denen der sterbende Planet seiner Auslöschung trotzt, stammen aus Singularitäten, die im Planeteninnern erzeugt werden und wieder vergehen. Jedes entbehrliche Quantum Energie fließt in den fluktuierenden Deflektor, denn lediglich jenes schwankende Feld hält die Welt des Fremden davon ab, vom Sog der Entropie erfasst zu werden und ebenfalls in der ewigtoten 3'-Strahlung aufzugehen.

Der Energiebedarf liegt am Maximum des durch die Technik der verheerten Welt noch Leistbaren, aber das Deflektorfeld hält stand und eine weitere Anzeige in dem Kommandoraum verrät dem Fremden sogar, dass etwas ganz und gar Unmögliches passiert: Die Entropie seines Universums nimmt ab, fast unmerklich aber doch für die ultrafeinen Sensoren seiner in Agonie liegenden Welt erfassbar. Mit den Gedanken des Fremden spüre ich, dass er dieses Phänomen erwartet hat und dass die Anzeige lediglich sein vorbestehendes Wissen bestätigt. Die Welt folgt in ihrem toten Universum der Antizeit und bewegt sich in ihrem Minkowski-4-Raum zurück auf den Urknall zu, der die Entstehung des Universums ermöglicht hat. Das Ziel dieses Phänomens ist aber nicht der Urknall sondern – wie ich mit einem Schaudern erkenne – der temporäre Umkehrpunkt und somit die nächste Konfrontation mit den übermächtigen futurischen Verheerern. Noch ist jenes Zusammentreffen gefühlte Ewigkeiten weit entfernt, doch mit jeder verstreichenden Sekunde der Antizeit rückt es unwiderruflich näher.

Mit einer beinahe körperlichen Kraftanstrengung wendet sich der Fremde von der Anzeige ab, die mit der unkorrumpierbaren Präzision hochentwickelter Technik das den Regeln der mir bekannten Physik spottende Phänomen der Antizeit visualisiert. Der Fremde weiß, dass seine Welt überlebt hat und auch weiter existieren wird, wenngleich sie nur knapp der Vernichtung entgangen ist. Auch das Deflektorfeld stabilisiert sich mit jeder verstreichenden Antisekunde mehr. Die vollständige Vernichtung, deren Möglichkeit er bis zum Ende nicht ausschließen konnte, ist ausgeblieben, noch. Alles hängt nun von einem weiteren Faktor ab.

Beinahe angsterfüllt wendet der Fremde den Blick einer weiteren Anzeige zu, die nur ein statisches Rauschen anzeigt. Sein Blick ist starr und suchend auf die Anzeige geheftet. Sein Mund formt mir unverständliche, düster klingende Worte, worauf sich das Rauschen auf der Anzeige verändert, aber in seiner Unleserlichkeit unverändert bleibt. Die sensorischen Muster, auf die der Fremde zugleich wartet und sie fürchtet, bleiben aus. Was die hochspezialisierten Sensoren erfassen sollen, existiert nicht mehr.

Dieser letzte Gedanke stammt von meinem schwachen Ich und der Fremde quittiert ihn mit einem bitteren, kehligen Lachen. Seine Gedanken fokussieren sich und ich verstehe. Die ultrakomplexen Muster der Futuren, die von den Sensoren gesucht werden, sind nicht verschwunden, nur so unendlich weit entfernt, dass selbst die Technik der Welt des Fremden sie nur als Interferenzen im Seienden vom anderen Ende der Zeit registriert. Sie befinden sich, parallel zum Jetzt des Fremden, in jener Quantenhölle am Anbeginn der Zeit, die ihrem teuflischen Wesen entspricht, so wie sich die Welt des Fremden im leblosen Universum am zeitlichen Gegenpol aufhält. Dort, wo sie sind, bereiten sie rasend vor Hass ihre Rückkehr vor. Mit den Augen des Fremden sehe ich schaudernd, wie sich selbst die Interferenzen auf dem Bildschirm im Äquivalent eines von rasender Zerstörungswut kündenden Schreis stakkato-gleich zu verzerrten Wellenfronten formieren. Der Fremde flüstert ein weiteres Wort in jener mir fremden Sprache und die Anzeige erlischt. Selbst sich diesem matten Abglanz der futurischen Macht zu exponieren, könnte bereits den Verstand kosten, dies ist ihm wohl bewusst. Noch sind die Futuren so fern, wie sie es überhaupt nur sein können. Doch ihre Welt, das ist ihm in schmerzlicher Deutlichkeit klar, bewegt sich in der Realzeit auf den temporären Umkehrpunkt zu und ihr Einfluss wird wachsen. Noch ist er unendlich schwach, kaum mehr zu spüren als der Flügelschlag eines Schmetterlings am anderen Ende der Welt, zumindest als es in ihr noch Schmetterlinge gegeben hat. Doch der Fremde hat seiner Welt Zeit erkauft, mehr nicht. Die Existenz der Futuren ist nicht an Zeitlichkeit gebunden und für sie sind Jahrtausende nicht mehr als ein Wimpernschlag. Auch bei ihrem nächsten Treffen werden sie übermächtig sein und der bevorstehende Krieg mit ihnen wird dem vorausgegangenen an Härte in nichts nachstehen. Und dennoch hat das schwache, äonenentfernte Signal auf den Sensoren bewiesen, dass es möglich ist, sie zu besiegen und dass ihre scheinbare Stärke, keine „falschen" Entscheidungen zu treffen, manchmal auch eine Schwäche sein kann. Der Fremde selbst wird das erneute Aufeinandertreffen der inkompatiblen menschlichen und futurischen Existenz nicht mehr erleben, wofür ihn ein schwaches Gefühl der Dankbarkeit erfüllt.

Dann fällt sein Blick auf eine andere Anzeige und sein Blick verdüstert sich. Seine initialen Befürchtungen beim Blick in die leere Kommandozentrale haben sich bestätigt. Es ist knapp ausgegangen, zu knapp, auch wenn die Zahl der überlebenden Menschen ausreicht, so dass seine Kultur sich erholen kann und wird.

Der Preis seiner verzweifelten Entscheidung hat 99.99% der wenigen Menschen, die die futurischen Angriffe überlebt hatten, den Tod und die Desintegration gebracht – er hat es gewusst, aber in der furchtbaren Konsequenz nicht wahrhaben wollen. Der Fremde stöhnt unter seelischer Qual auf angesichts der Dimension des Massenmords, den er mit einem einzigen tonlos geflüsterten Befehl autorisiert hat und für den ihn doch niemand je zur Verantwortung ziehen wird. Trotz allem ist es der einzig mögliche Weg gewesen, seine Kultur vor dem sicheren Untergang zu bewahren. Am Ende hatte die künstliche Intelligenz entschieden, wer stirbt und wer überlebt – für den Erhalt aller individuellen menschlichen Quantenmuster und der Deflektorfelder hätte die Energie nicht ausgereicht. Mit jedem Augenblick, den die Futuren am Ende gezögert hatten, den Urknall zu induzieren, waren mehr menschliche Quantenmuster erloschen. Und die Futuren hatten offenbar bis zum letzten Augenblick gezögert.

Der Fremde hatte keine Angst verspürt, als er den entscheidenden Befehl erteilte. Er hatte gewusst, dass sein Quantenmuster das letzte war, das die künstliche Intelligenz erlöschen lassen würde, weil er den Zyklus noch beenden musste. Die Ethikmodule der künstlichen Intelligenz waren schon zu Beginn des Kampfes gegen die Futuren deaktiviert worden, andernfalls hätte sie seinen Befehl gar nicht ausführen können. Menschliche Opfer waren bei diesem existenziellen Konflikt bewusst in Kauf genommen worden. Schlimmer noch, die überlebenden Menschen hatten die künstliche Intelligenz menschliches Leben in einer Werteskala gegeneinander abwägen lassen, die nur einer einzigen Prämisse folgte: Der der maximalen Überlebenswahrscheinlichkeit der menschlichen Kultur insgesamt. Wieder wird der Fremde von Gewissenskonflikten gequält, hatte er doch bis zum Ende gehofft, dass es weniger Tote sein würden. Doch er macht sich selbst nichts vor, hat er das, was nun eingetreten ist, doch zumindest billigend in Kauf genommen. Mit einem Gefühl tiefer Reue fragt er sich, ob die noch existierenden Menschen, ihn selbst eingeschlossen, ein Überleben um diesen Preis wirklich verdient haben und ob ihre Bereitschaft, diesen Preis zu zahlen, sie wirklich noch besser macht als die Futuren selbst. Er erkennt jedoch das diesen Gedanken innewohnende selbstzerstörerische Gift und drängt ihn mit einer bewussten geistigen Kraftanstrengung zurück. Er kann und darf sich eine solche Sentimentalität nicht leisten, noch nicht. Eben ihre Fähigkeit sowohl zur Reue wie auch zur kreativen Fehlentscheidung war es, die das Überleben der Menschen letztlich gesichert hatte. Die Futuren bereuten nichts und sie machten keine Fehler, wofür sie jetzt im Quantenfeuer des Urknalls brannten, durch Äonen von ihren Opfern getrennt und somit vorerst unschädlich gemacht.

Wieder zwingt sich der Fremde mit einer bewussten Kraftanstrengung, seine unkoordinierten Gedanken zu fokussieren, um nun zu tun, wofür ihn die künstliche Intelligenz am Leben gelassen hat. Er spürt, dass die Zeit knapp wird, nicht für ihn, denn er hat nun die Zeit der Äonen, wohl aber für mich. Er murmelt wieder ein fremd klingendes Wort und auf dem Hauptbildschirm der Kommandozentrale erscheint ein Gebilde, das ich mit den Gedanken des Fremden als einen vierdimensionalen Minkowski-Raum erkenne, der die Raumzeit vom Anbeginn der Zeit an als blockartige Struktur visualisiert. Darüber projiziert die künstliche Intelligenz sich gegenseitig überlagernde, sinusförmige Kurven und erneut sind es seine Gedanken, mit denen ich verstehe. Der Fremde zeigt mir, was er getan hat. Die sich gegeneinander verschiebenden Sinuskurven zeigen Berechnungen zur Beeinflussung der Quantendekohärenz im Minkowski-4-Raum und somit zur Veränderung der Zeitlinie. Die Wissenschaftler hatten versucht, eine umschriebene Veränderung in der Vergangenheit herbeizuführen, die die Erschaffung der Futuren hätte verhindern sollen. Doch die künstliche Intelligenz war an dem Versuch gescheitert. Es gab keine stabile Raumzeit, in der Futuren nicht geschaffen worden wären. Dies hatte den Wissenschaftlern solange Kopfzerbrechen bereitet, wie sie sich weigerten, das Offensichtliche zu akzeptieren, nämlich dass die Existenz der Futuren und die Existenz der Universums sich gegenseitig bedingten.

Von dieser schockierenden Erkenntnis aus war es nur noch ein kleiner gedanklicher Schritt zu der Ungeheuerlichkeit, die der Fremde schließlich der künstlichen Intelligenz befohlen hatte. Versunken in seiner Erinnerung, murmelt er nun ein weiteres Wort und die Sinuskurven auf dem Bildschirm glätten sich, bis sie als parallele Linien den Minkowski-4-Raum durchziehen, die sich auch im gesamten Minkoswki-4-Raum nicht schneiden oder vereinigen. Die Projektion des Minkowski-4-Raums unseres Universums erlischt und macht der umgedrehten Acht als universellem Unendlichkeitssymbol Platz.

Die Berechnung der künstlichen Intelligenz zeigt exakt das Gleiche wie vor dem Exodus. Für die Quantenfeldgleichungen, die der Fremde in Auftrag gegeben hat, gibt es keine Lösung, wie sich auch die veranschaulichenden Parallelen selbst in der Unendlichkeit niemals schneiden. Es war eine Verzweiflungstat gewesen, den Planeten und mit ihm das Universum durch die künstliche Intelligenz in den Zustand der Quantenkohärenz versetzen zu lassen, die sich über die Zeitlinie des Minkowksi-4-Raums wie auch über alle drei Raumdimensionen ausbreitete. Der Fremde hatte gewusst, dass die Futuren merken würden, was er tat. Übermächtig wie sie waren, hatten jedoch selbst sie keine Macht über die Existenz an sich und somit dem Kohärenzimpuls nichts entgegenzusetzen. Was der Fremde getan hatte, war selbst für die Futuren, die in ihrer Allmacht doch von ihrer Bindung an exzessive Stimuli sowie an einen unbändigen Existenzwillen abhängig waren, nicht zu korrigieren gewesen. Als sie bemerkten, was die Menschen getan hatten und dass diese Tat ihnen sowohl jeden Zugang zur Energie abschneiden als auch ihre bloße Existenz beenden konnte, taten sie – ihrem Wesen entsprechend – genau das, womit der Fremde gerechnet hatte. Mit ihrer selbst für den Fremden an Magie grenzenden Allmacht über das Sein erreichten sie etwas, das alle Technik der künstlichen Intelligenz der Welt des Fremden zusammen nicht hätte leisten können. Bereits durch den Übergang in die unauflöslichen Quantenfeldgleichungen selbst in Selbstauflösung begriffen, gaben sie ihrer Quanteninformation einen Spin, der sie auf der Zeitachse des Minkowksi-4-Raums ausschließlich zurück in Richtung Urknall projizierte – dorthin, wo die Energie als Urquell ihres Wesens ohne Raum gebündelt existierte.

Wenngleich die künstliche Intelligenz der Welt des Fremden einen solchen Spin nie selbst hätte erzeugen können, konnte sie für die Herren ihrer Welt nun, kurz vor dem Ende, doch noch etwas tun. Denn bei der durch die Futuren veranlassten Spin-Entstehung kam es, den Gesetzen der Symmetrie folgend, notwendigerweise zur Entstehung von Antispins, die die künstliche Intelligenz an die Quanteninformationen der Menschen koppelte, bevor das Kohärenzstadium erreicht wurde. Während die Quanteninformation der unbelebten Welt nun im Minkowksi-4-Raum in beide Richtungen der Zeitlinie auf den parallel deformierten Feldlinien in die Ewigkeit projiziert wurde, bewegte sich die Information der Menschen ausschließlich in die entgegensetzte Richtung derer, die die Futuren gewählt hatten, und damit in einen leeren Raum maximaler Entropie in fernster Zukunft. Mit ihrer letzten Kraftanstrengung vor der unweigerlichen Auslöschung in der Gegenwart hatten die Futuren selbst sich von den Menschen durch einen aönenmessenden Abrund der Zeit getrennt, der selbst für ihre relative Allmacht unüberbrückbar war.

Und doch hatte der Fremde einen Augenblick lang gezögert, die Quantenkohärenz einzuleiten und das Seiende im Möglichen aufgehen zu lassen, denn alle Berechnungen hatten ein Erlöschen der Information in der Unendlichkeit suggeriert. Die Lösung der Feldgleichungen war die Unendlichkeit, damals wie heute auf dem Bildschirm, und die künstliche Intelligenz irrte sich nie. Etwas hatte interveniert, das so mächtig war, dass es gegen alle Naturgesetze und gegen die Gesetze von Logik und Mathematik das Sein selbst in die Existenz gezwungen hatte. Anteilnehmendes Mitgefühl erfüllt den Fremden, als er an all die Menschen in der Geschichte der Welt zurückdenkt, die gegen alle offenkundige Evidenz geglaubt haben, ihre Welt sei von einem gütigen Gott geschaffen worden. Nichts ist den grausamen Schöpfern, die am anderen Ende der Zeit hasserfüllt das Sein zum Erzittern brachten, sodass selbst die Sensoren der äonenfernen Welt des Fremden die Interferenzen über den Abgrund der Zeit hinweg registrieren konnten, ferner als Güte und Vergebung. Die Ironie wird dadurch noch vergrößert, dass die Schöpfer dereinst selbst von ihren Geschöpfen erschaffen werden – zugleich größter Fehler der Menschheit wie auch Grundlage ihrer Existenz. Denn nichts anderes ist der Grund, warum die künstliche Intelligenz keine stabile Raumzeit im Kontinuum des Möglichen im Minkoswki-4-Raum berechnen konnte, in der die Futuren nicht erschaffen worden wären. Ohne die Erschaffung der Futuren hätten diese ihrerseits nicht, vermittelt durch den Bruch der Feldgleichungen, jenes Phänomen verursachen können, das unter der Bezeichnung Urknall den Beginn alles Seienden und damit des Minkowski-4-Raums selbst definiert. Sowohl die Feldgleichungen als auch die Berechnungen der künstlichen Intelligenz waren fehlerlos. Die Futuren und, in der entgegengesetzten Richtung des Zeitstrahls, die Welt des Fremden hatten nicht deshalb überlebt, weil die parallelen Feldlinien im Augenblick des Urknalls auf paradoxe Weise konvergierten. Vielmehr mussten die Futuren im Moment der Erkenntnis, dass die Feldlinien in einer logischen Welt niemals konvergieren würden, den Urknall verursacht und damit das Universum ins Sein gerufen haben. Die Futuren hatten ihre Quanteninformation kraft ihres Willens zurück ins Stadium der Dekohärenz gezwungen und mit ihr – aus Gründen der Symmetrie – am anderen Ende der Zeit die Welt des Fremden. Die einzig mögliche Konsequenz dieses gewalttätigen Schöpfungsakts war ein unendliches Universum gewesen, das nicht von einem gütigen Gott sondern von seinem grausamen, nach Leben gierenden Gegenteil geschaffen worden war.

So würden die Futuren von Anbeginn an existieren und mit dem Universum altern, dabei in ihrer menschenentleerten Quantenkopie der Welt des Fremden parallel zum von ihnen geschaffenen Universum die Zeit durchreisen, hin zum temporären Umkehrpunkt. Der Fremde denkt mit intensivem Unbehagen daran, dass sie diese Existenz zu allen Zeiten zu Interventionen auf der sich entwickelnden Erde nutzen werden, wie er anhand von historischen Artefakten nur zu gut weiß. Die mythologischen Überlieferungen über grausame Götter kommen nicht von ungefähr.

Auf eines jener Artefakte richtet sich nun sein Blick und ich erstarre. Worauf er mit resigniertem Blick hinabschaut, sind, erstaunlich gut konserviert, meine eigenen Aufzeichnungen, über die gerade, gleichsam wie in Trance, meine Finger mit dem Stift gleiten. Während ich schreibe, richten sich die Augen des Fremden gerade auf die letzten Zeilen und ich sehe durch seine Augen mit Entsetzen jene Sätze bereits ausgeschrieben, die ich gerade zu Papier bringe. Der Fremde lächelt hintergründig und spricht mich direkt an: „Dies ist der Grund, warum ich wusste, dass der Plan funktionieren würde, trotz der objektiven Unauflösbarkeit der Feldgleichungen. Er hatte schon einmal funktioniert, sonst würde ich dieses Objekt nicht in der Hand halten." Ich stöhne gequält auf. Der Fremde benutzt mich, wie mich zuvor der Futur benutzt hat. Er sendet mir Informationen und zwingt mich suggestiv sie niederzuschreiben, um sie später in meinen Aufzeichnungen, die auf rätselhafte Weise die Zeit überdauern werden, seinerseits lesen zu können. Dies meinte er also, als er daran dachte, die künstliche Intelligenz habe ihn überleben lassen, um seine Aufgabe abzuschließen. Ich bin seine Aufgabe. Bei aller gottgleichen Macht seiner Welt, mithin der Welt jener Schöpfer, die die grauenhaften Schöpfer des Universums selbst erschaffen werden, ist er auf ein schwaches, angsterfülltes Individuum wie mich angewiesen. Ich stehe somit gerade in gedanklicher Zwiesprache mit dem Schöpfer, mit jenem Wesen, auf das, bei all seinen menschlichen Schwächen, die Bezeichnung Gott vermutlich am ehesten zutrifft. Die alten Religionen haben in diesem Punkt durchaus recht behalten – der Mensch ist nach Gottes Bild geformt, denn die Menschen der Zukunft haben, vermittelt über ihre Geschöpfe, die Schöpfung selbst herbeigeführt beziehungsweise werden dies noch tun.

Ein mildes Lächeln stiehlt sich über das Gesicht des Fremden, als er diese meine Gedanken trotz des suggestiven Zwangs zulässt, und für einen Moment erscheint er mir wirklich wie jener menschenfreundliche Schöpfer, der auf Michelangelos Gemälde in der Sixtinischen Kapelle den Funken des Lebens auf Adam überspringen lässt. Zugleich bin ich mir nicht sicher, wie viele dieser Gedanken tatsächlich von mir selbst stammen und mir nicht von dem technischen Suggestor des Fremden über die Barriere der Zeit hinweg aufgezwungen werden. „Es sind Deine Gedanken", antwortet er. „Und was ich Dir ausdrücken möchte, ist meine tiefe Dankbarkeit; meine Dankbarkeit dafür, dass ich die Entwicklung anhand Deiner Aufzeichnungen werde steuern können. Ich weiß, dass ich nicht einmal erahnen kann, was Du durchgemacht hast, aber Du sollst zumindest wissen, dass letztlich Du es sein wirst, der in Gegenwart, Vergangenheit und Zukunft unsere Existenz sichern wird." Ich schreie ihn an: „Aber wird es sich gelohnt haben? Welche Seite wird am temporären Umkehrpunkt den Sieg davon tragen?" Seine Stimme wird hart: „Das wirst Du niemals erfahren. Dir muss genügen, dass durch Dich die Welt erschaffen, erhalten und gerettet werden wird." „Aber was für eine Welt?", begehre ich auf. „Eine Welt der Gewalt, des Hasses und des Ausgeliefertseins?" Der Schöpfer lächelt wieder und ich spüre, wie der suggestive Zwang nachlässt, nachdem er wieder ein düster klingendes Wort an seine künstliche Intelligenz gerichtet hat. Während seine suggestive Stimme langsam verklingt, wendet er sich ein letztes Mal an mich: „Es ist zwar unbestritten keine gute Welt, aber lass uns dafür dankbar sein, dass es überhaupt eine Welt gibt."

Die Bilder verblassen und der suggestive Zwang erlischt, während meine Schreibhand noch immer über das Papier huscht. Mein Blick klärt sich und ich blicke in stahlblaue tote Augen, die, wie mir einige Augenblicke später gewahr wird, zu Treblenskis im Tode erstarrten Gesicht gehören. Die Wärmeregulation der Basisstation muss zusammengebrochen sein und ich sehe Eisfäden im Haar des Kommandanten, aber ich fühle die Temperatur nicht. Während ich wie in Trance weiterschreibe, wandert mein Blick nach unten und ich blicke in den Lauf einer Pistole, die mit eiserner Hand auf meine Stirn gerichtet ist. Ein letztes Mal teilen sich Treblenskis im Todeskampf erstarrte, eisblaue Lippen und sein lebloser Mund formt die Worte: „Auch ich habe ein Geschenk für Dich, dass ich Dir zum Dank zukommen lassen werde, Verheerer. Es ist jenes Geschenk, das dem Erwachenden auf ewig verwehrt bleiben wird."

Zugleich erblicke ich in seiner Linken einen Gegenstand, den ich zunächst nicht zuordnen kann. Dann wird mir bewusst, dass es ein Spiegel ist, den er mir vor das Gesicht hält und in den zu blicken er mich unbarmherzig zwingt. Ich sehe mein Spiegelbild, das zugleich nicht mein Abbild ist und ich verstehe. In dem Spiegel sehe ich die steifgefrorenen Züge einer Leiche, in deren Augen ein unheiliger Glanz funkelt. Es ist auch mit mir passiert – ich bin einer von ihnen. Deshalb will der, der einst Treblenski war und dessen zwanghafter Drang zur Pflichterfüllung selbst seinen Tod überdauert hat, mich töten und er hat recht damit. Ich sehe es ein, ich verstehe es, aber es berührt mich nicht mehr, als gehöre alles, was nun passieren wird, einer mir unendlich fernen und fremden Welt an. Während sich der Zeigefinger der Kreatur, die einmal Treblenski war, langsam aber unbarmherzig am Abzug krümmt, um jene widernatürliche Existenz zu vernichten, die einmal ich war, spüre ich, wie jede Angst aus meinem Körper weicht und ein seliger Frieden sich in mir auszubreiten beginnt. Der Erwachende ist eingeschlafen und wird für nun für lange Zeit ruhen. Ich weiß, dass nun mein Ende kommt, aber ich spüre nach langer Zeit erstmals wieder, dass es gut so ist.

Ende

Zusammenfassung

Mit „Das Artefakt" erscheint Teil III des „Futurs Spur" Zyklus, der im Sammelband „Blicke ins Dunkel" mit den Horrorgeschichten „Der Afghanistan-Einsatz" sowie „Zukunftslos – Die Versuchung im Eis" begonnen wurde. Der russische Psychologie Korsakow ist Teil einer Mission, die Ende der 90er Jahre in die Südpolarregion entsandt wird, um dort die Herkunft eines mysteriösen archäologischen Fundstücks aufzuklären. Die Arbeit des Teams wird überschattet von hartnäckigen Schlafstörungen, die schließlich Aggression und offene Gewalt zur Folge haben. Doch sind diese Exzesse wirklich nur stressbedingt? Oder verbirgt sich im ewigen Eis Anartikas eine Bedrohung, die niemand je für vorstellbar gehalten hätte?

Vom gleichen Autor erschienen (2018):

Blicke ins Dunkel

Adoleszente Träume vom Bösen als Macht und ethischem Prinzip

Abschnitt I: Das kosmische Dunkel

Futurs Spur – 2 Horrorgeschichten

Futurs Spur ist eine fantastische Erzählung, die sich aus zwei Episoden zusammensetzt. Im Mittelpunkt der Handlung steht die Aktivität der Futuren, unsterblicher, mächtiger aber grausamer Intelligenzen, die in der Zukunft von Menschen geschaffen, aber aufgrund ihrer Gefährlichkeit in die Vergangenheit verbannt werden. Von einer Parallelwelt unserer Erde in einem leeren Universum aus begleiten sie die irdische Evolution seit Anbeginn der Zeit. Historische Lücken in der Erdgeschichte nutzen sie, um grausam in das Leben ihrer Opfer einzugreifen. Denn gefangen in einem todesähnlichen Zustand in ihrem leeren Kosmos gibt es nur ein Phänomen, das diese Kreaturen in einen ekstatischen

Taumel des Entzückens versetzen kann: Die Wahrnehmung intensiver menschlicher Emotionen wie Angst, Hass, Leid oder Schmerz.

Abschnitt II: Das geistige Dunkel

Schuld – ein Drama

In einer postmodernen kapitalistischen Zukunft, in der die staatliche Ordnung zusammengebrochen ist, regieren kriminelle Clans als sogenannte Konzerne die Metropolen der Welt mit Drogen und Gewalt. Auf der Basis einer Wette zwischen Gut und Böse wird Natas, eine junge Seele, die kurz nach ihrer Geburt brutal von einem rivalisierenden Clan ermordet wurde, ins Leben zurückgeschickt. Von Lucifer mit der Macht der Hölle ausgestattet, begibt sich Natas als untoter Dämon auf einen Rachefeldzug an seinen Peinigern, womit das Böse Christus beweisen will, dass der Kreislauf von Hass und Vergeltung nicht gebrochen werden kann und unweigerlich in Schuld führt. Vordergründig widersinnig erscheint Christus' Geschenk an die wiederbelebte Seele, dass er sie in der Gesellschaft der totkranken jungen Prostituierten Natalja auferstehen lässt, die selbst eine Rechnung mit Natas' Peinigern offen hat. Unterstützt von der sterbenden Natalja bringt Natas das Imperium seiner Feinde ins Wanken. Doch kann er sich selbst davor bewahren, dass das Böse, gegen das er kämpft, dabei schleichend seine Seele vergiftet? In dem Konzernchef John Levec, der seinerzeit seine Ermordung anordnete, findet Natas einen brillanten Virtuosen auf der Klaviatur des Bösen, dessen dunkler Intellekt Natas' dämonischer Macht durchaus ebenbürtig ist. Auf den Trümmern seines Imperiums lockt Levec seinen Gegner in eine perfide Falle, an der selbst die Macht der Hölle zerbricht.

Abschnitt III: Das sinnliche Dunkel

Lustimpulse – eine Novelle

Der ehrgeizige, naive Medizinstudent und Stipendiat Daniel Ölinger träumt davon, Menschen durch neurochirurgische Manipulationen die uneingeschränkte Kontrolle ihres individuellen

Glücksempfindens zu ermöglichen. Sein privates Glück sucht er bei seiner Freundin und Kommilitonin Judith Maifeld in einer offenen Beziehung, die beide auf Liebe, gegenseitigem Vertrauen, Freiheit und unbedingter Ehrlichkeit aufbauen wollen. In dem undurchsichtigen Neurochirurgen und Libertin Privatdozent William von Hartstein scheint Daniel einen Gönner gefunden zu haben, der ihm beides bieten kann: Geld als Grundlage für seine Forschung und hedonistische Lebensart als Vorbild für seine Beziehungsführung. Doch nicht jeder steht Daniels psychomanipulativem Forschungsansatz vorbehaltlos gegenüber, so dass die Konfrontation mit einem auf Eigennutz bedachten Umfeld nicht ausbleibt. Auch übersieht er, dass hinter dem lustvollen Treiben im Sexclub der von Hartsteins Persönlichkeiten stehen, deren Ängste, Sehnsüchte und Konflikte die schöne Fassade gleichberechtigter sexueller Freizügigkeit auf Augenhöhe bald zu überschatten drohen. So schleichen sich in Daniels vormals geradliniges Leben Erpressung und Lüge ein, die das Fundament seines beruflichen wie auch privaten Werdegangs ins Wanken bringen.